Un cadavre entre les sampans

Collection RDN'Books n° 1

ISSN de la collection : en cours

Dépôt Légal : avril 2017

ISBN : 979-10-91506 -57-1

EAN : 9 791 091 506 571

L'illustration de couverture provient des collections de l'auteur

Un cadavre entre les sampans

Nouvelles policières

RICHARD D. NOLANE

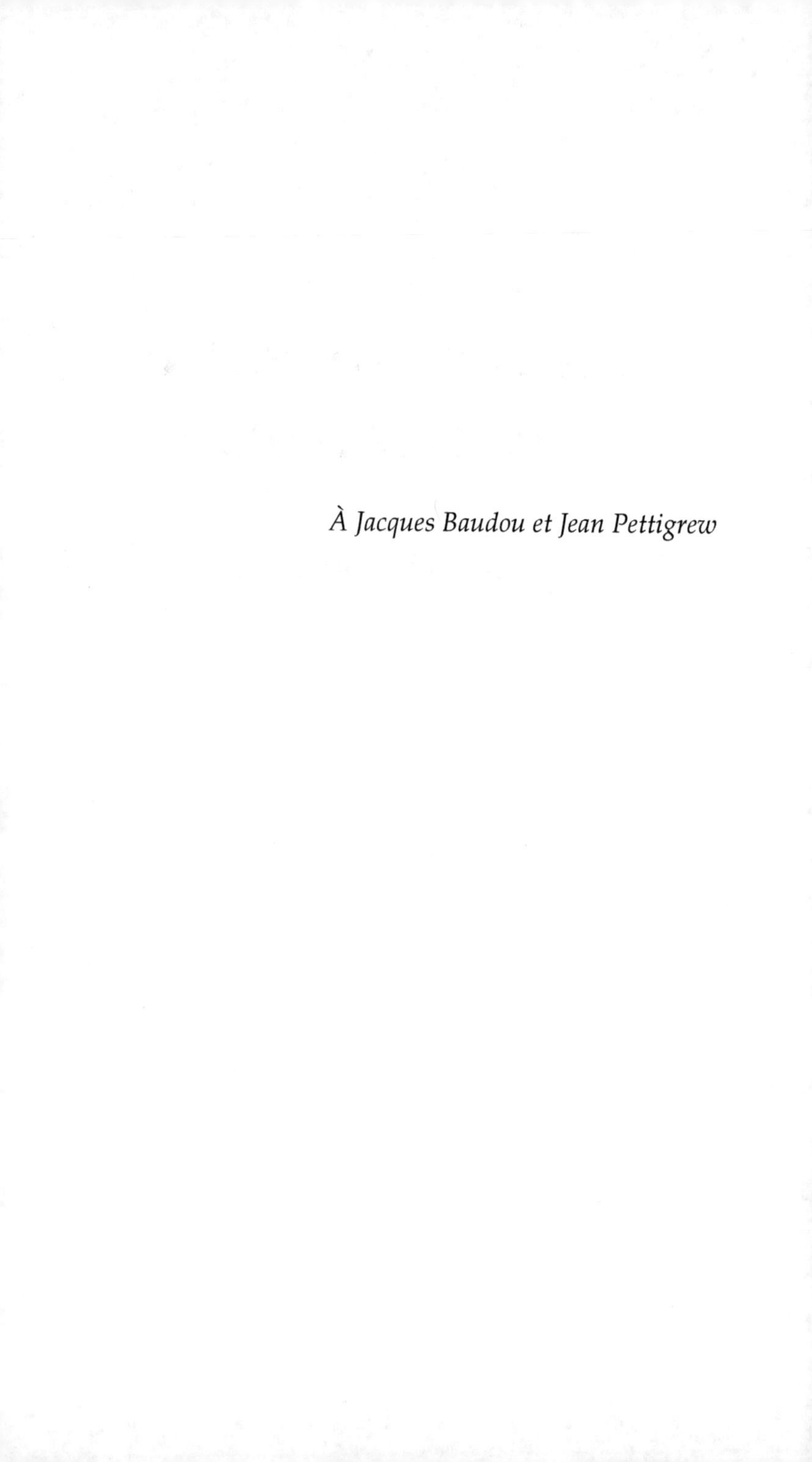

À Jacques Baudou et Jean Pettigrew

PETITS CRIMES DANS LA SINGAPOUR DES ANNÉES TRENTE

Ma fascination pour la Singapour de l'époque coloniale britannique remonte au tout début des années 1980 quand j'ai découvert le livre qui a tout déclenché, *La nuit tombe sur Singapour* (1968) du grand reporter et écrivain anglais Noel Barber, et qui racontait le terrible siège de la ville par les Japonais de décembre 1941 à février 1942[1].

J'avais lu déjà beaucoup de littérature sur l'empire britannique et tout autant sur la Guerre du Pacifique mais cet excellent livre-là provoqua une étincelle et la Singapour colonial rejoignit ma petite collection personnelle de sujets qui ont pour moi une place à part, comme Gordon Pacha, le Titanic, la littérature populaire anglo-saxonne, Vidocq et quelques autres…

Comme je suis aussi amateur de roman policier historique, j'ai fini dix ans plus tard (et après avoir trouvé un début de documentation d'époque suffisamment consistant) par me dire que je pourrais tenter une nouvelle policière se déroulant dans les années 1930. Ce fut « Un cadavre entre les sampans » que Jacques Baudou,

---

[1] *Noel Barber (1909-1988) récidivera en 1981 avec un gros roman sur la fin de la Singapour coloniale intitulé* Tanamera.

fameux spécialiste du genre, mit au sommaire de son anthologie chez Denoël, *Fenêtres sur crime* » (1997) tout en m'invitant à poursuivre dans cette voie.

Je repris le personnage de l'inspecteur Collins de la Police criminelle de Singapour pour une deuxième longue nouvelle, « Mort d'un traiteur chinois » qui parut en 2001 au Masque dans une autre anthologie de Jacques Baudou, *Petits crimes du temps jadis* (dont j'ai assuré aussi l'ensemble des traductions, sauf un texte en reprise…). En 2002, une troisième nouvelle de la série fut publiée au Québec dans le n° 3 de la revue policière professionnelle *Alibis*[2] dirigée par Jean Pettigrew, devenu depuis un personnage important de l'édition de la Belle-Province, lequel à son tour m'encouragea vivement à récidiver.

Je me mis alors à un roman mais des changements d'orientation dans ma vie d'auteur (la BD commença à devenir mon occupation principale) et d'autres facteurs firent que le roman resta « sur la glace » comme on dit au Québec au bout de 110 pages, tout comme la quatrième nouvelle prévue pour la série…

Mais je n'en continuais pas moins à collecter une documentation de plus en plus importante sur la Singapour coloniale, découvrant les dessous pas toujours reluisants de celle qui était considérée en ce temps-là comme une des trois grandes « catins » de l'Extrême-Orient avec Saigon et Shanghai. Liste à laquelle on pourrait ajouter Hong-Kong…

---

[2] *Elle sera reprise en 2010 dans mon recueil* Séparation de Corps *chez Rivière Blanche, collection « Noire » n°22 et Prix Masterton catégorie Nouvelles en 2011.*

Vivant alors à Montréal (j'y suis resté douze ans) j'ai utilisé les services fort efficaces de la Bibliothèque de l'Université de Montréal pour pouvoir faire des copies de livres extrêmement difficile à trouver et prêtés par un certain nombre d'universités, dont celle de Singapour. Résultat, même si je n'écrivais plus de nouvelles histoires avec l'inspecteur Collins, je continuais par contre à éplucher ma documentation et à un moment donné, j'en vins à me dire en plaisantant que je connaissais désormais mieux l'île de Singapour de l'entre-deux-guerres que celle de Montréal des années 2000 sur laquelle je vivais…

Quelques années ont passé depuis. Parmi beaucoup d'autres albums BD plutôt de Fantastique et de SF, j'en ai écrit quelques uns relevant du Policier ou du genre très proche, celui dit des « Détectives de l'occulte » et l'envie de Singapour m'est revenue ces derniers temps.

D'où ce court recueil qui regroupe les trois nouvelles déjà publiées, légèrement revues dans un souci d'uniformisation des détails. Recueil pour se remettre en selle et sans doute reprendre le roman et la nouvelle abandonnés en rase-campagne il y a bien trop longtemps de cela…

Les enquêtes de l'inspecteur Collins relèvent du roman policier historique tel que je le conçois, c'est-à-dire sans considérations modernes artificielles et privilégiant les mœurs et les spécificités de l'époque, notamment pour les sujets des intrigues. C'est d'ailleurs dans ce souci de « coller » au maximum aux années Trente de l'Asie du Sud-Est que j'ai conservé la transcription des mots et noms chinois classique, la seule qui personnellement me « parle », en évitant d'adopter le *pinyin* utilisé officiellement depuis 1979 par la Chine communiste et donc chronologiquement absurde pour des histoires se déroulant vers 1930…

Bienvenue dans la moiteur tropicale de la Cité du Lion…

Montauban, octobre 2016

UN CADAVRE ENTRE LES SAMPANS

I

Collins faillit renverser un pousse distrait en arrivant sur le quai. Le Chinois se dégagea d'un seul coup de ses brancards et se mit à l'injurier copieusement sans se préoccuper de son passager, un Asiatique ventru dont la richesse vestimentaire faisait tache sur la pauvreté et la saleté environnantes. L'inspecteur laissa le conducteur du pousse courir jusqu'à sa portière. Après tout l'homme pour qui il était venu avait maintenant tout son temps devant lui.

– Arrête de jacasser comme un volatile en chaleur, lui jeta-t-il en chinois, ou je te fais embarquer.

L'autre vit qu'il avait affaire à un policier et son visage tanné par le soleil se figea.

– D'ailleurs, si j'étais toi, je m'occuperais un peu plus de mes clients, ajouta Collins en montrant au travers du pare-brise de la Ford le gros Chinois en train de s'extraire du pousse bringuebalant avec autant de colère que de difficulté.

Le conducteur parut reprendre vie d'un seul coup et fila vers son véhicule en se confondant en une cascade d'excuses qui ne lui rapportèrent rien d'autre que les quolibets des marchands ambulants du coin. Collins en profita pour redémarrer et pour s'engager sur le quai sud de la rivière qui coupait Singapour en deux dans le sens de la largeur.

Ce cloaque sinueux qui arrivait de l'intérieur de l'île abritait dans ses méandres une légion de sampans serrés les uns contre les autres, si nombreux à certains endroits qu'ils interdisaient presque toute circulation normale sur la rivière.

L'odeur d'eau croupie et d'excréments qui flottait dans l'air surchauffé ne choquait plus depuis longtemps les narines de Collins. Il avait passé toute sa jeunesse en Chine et cette odeur-là, avec des variantes, faisait partie de ce pays. Tout comme la fumée acre des aciéries appartenait au paysage de Birmingham, la cité noire que son père avait quittée un beau matin sur un coup de tête pour aller tenter sa chance dans les restes croulants de l'empire du Milieu.

La Ford louvoya en pétaradant entre les charrettes remplies de caisses et de sacs, s'attirant à peine quelques regards fatigués de la part des bœufs que le soleil et la fatigue avaient rendus beaucoup plus imperturbables que leurs propriétaires.

Collins remonta le long du quai jusqu'au petit attroupement qui s'était constitué presque en face de Canton Street. La voiture de service était garée non loin de là, juste sous les fenêtres béantes d'une des maisons qui formaient un rempart haut de trois ou quatre étages tout le long du quai. Un gamin entièrement nu était en train d'uriner contre la calandre sans que l'agent indigène resté à proximité pour garder la voiture fasse quoi que ce soit pour l'en empêcher. L'inspecteur poussa un bref soupir.

À cette heure-ci, il aurait dû être toujours en train de siroter son gin-tonic de l'après-boulot au Cricket Club, à juste quelques centaines de mètres de là à vol d'oiseau. Mais comme l'avait fait remarquer John Chen au téléphone, ce n'était pas tous les jours qu'on trouvait un cadavre de Blanc dans la rivière Singapour.

L'arrivée de Collins redonna de la vigueur aux bavardages des badauds agglutinés sur les marches descendant jusqu'à l'eau sale. La plupart étaient, des coolies vêtus de hardes raides de crasse et qui avaient sauté sur l'occasion pour prendre un instant de repos sans-doute bien mérité. Ils s'écartèrent pour laisser passer le *tuan*[3] de la police. Collins les remercia, fut salué par le second agent indigène qui avait accompagné son adjoint, et monta sur une planche épaisse conduisant jusqu'à la proue du plus proche sampan.

« Un faux pas et j'ai un billet pour la fosse septique », se dit-il en jetant un rapide coup d'œil au brouet noirâtre qui clapotait tant bien que mal contre la dernière des marches du quai.

– Par ici, chef ! lança John Chen en surgissant à l'avant du sampan suivant.

Collins lui fit un petit signe de la main et descendit dans l'embarcation qui l'accueillit avec un léger tangage. Une femme au regard vidé par l'opium ne parut même pas s'apercevoir de sa présence. Le policier enjamba ses pieds racornis, contourna un brasero éteint et se pencha pour passer sous l'espèce de tente arrondie qui servait de

---

3 *Forme respectueuse en malais pour s'adresser à un homme, équivalent ici à « sir » ou à « monsieur ».*

toit à toute la famille habitant sur le bateau. Un vieillard vêtu d'une tunique et d'un pantalon bleu, usés mais à peu près propres, eut un sourire édenté en le découvrant.

– Moi trouver infortuné *tuan*, bredouilla-t-il en mauvais anglais, sans cesser de sourire.

Collins s'arrêta et fouilla ses poches à la recherche d'un peu de monnaie. Il ne dénicha qu'un dollar, qu'il tendit au vieux.

– La police te remercie de ton aide précieuse, vieil homme fit l'inspecteur en chinois. Fasse le ciel que tu n'aies jamais besoin de ses services.

Le sourire du vieux s'agrandit encore, transformant les rides de son visage en des plissements rappelant ceux d'une vieille figue restée trop longtemps au soleil. Une lueur d'amusement traversa ses prunelles et Collins comprit que quoi qu'il puisse lui arriver, la dernière chose que ferait le Chinois serait sûrement de faire appel à la police des Blancs.

Quelques pas-.de plus et il se retrouva sur-le sampan où l'attendait son adjoint en compagnie de trois adolescents chinois qui ne cessaient de fixer là surface de l'eau sous la poupe de l'embarcation.

– Désolé pour votre gin-tonic, chef, fit Chen qui connaissait bien les habitudes de son supérieur.

Apparemment, c'est plutôt pour notre client qu'il faut être désolé, fils... Tu as appelé le coroner ?

Chen acquiesça.

– Il ne devrait pas tarder à arriver avec une ambulance. Je lui ai dit d'apporter des gaffes.

– Bon.

Collins s'avança et se pencha par-dessus le rebord de la coque. Il découvrit le corps d'un homme d'assez grande taille, flottant sur le ventre, un bras coincé derrière le gouvernail du sampan. Le mort était vêtu d'un pantalon blanc et d'une veste gris clair. Des vêtements que l'eau avait rendus informes tout en les imprégnant de taches douteuses. Une masse de poils mouillés ballottait dans l'angle formé par le cou et l'épaule droite. Un cadavre de rat dont la provenance n'avait rien de mystérieux, contrairement à celle de son compagnon humain d'infortune.

– Le vieux, là-bas, m'a dit que c'était lui qui l'avait trouvé, fit Collins en se relevant et en vérifiant qu'il n'avait pas sali son complet blanc.

– C'est ça... Il vit sur ce sampan avec ces trois-là, qui sont ses fils. Il était seul quand il a vu le cadavre et il a demandé à un voisin d'aller avertir l'agent qui faisait la circulation sur Battery Road. Comme c'était un Blanc, l'agent a appelé directement la Brigade Criminelle, et c'est moi qui ai décroché...

Chen ôta son chapeau et s'essuya le front du revers de la main. Il avait hérité de sa mère anglaise une taille et une carrure bien supérieures à la moyenne chinoise. C'était dans le noir de jais de ses cheveux et sur certains de ses traits qu'il fallait chercher le portrait du riche négociant chinois qui avait dû essuyer les affronts de la part de la bonne société anglaise de Kuala Lumpur avant de se résoudre à enlever sa mère pour pouvoir l'épouser. Et aussi dans son caractère. Un caractère appartenant à deux mondes et qui en faisait une recrue de choix pour la police d'une ville aussi marquée par la Chine que l'était Singapour.

Collins avait fait des pieds et des mains auprès de la hiérarchie pour prendre Chen avec lui. Ils formaient une paire disparate du point de vue physique – Collins était une image d'Épinal d'Anglais avec ses cheveux roux, sa moustache et son grand corps un peu dégingandé – mais ils s'entendaient parfaitement, l'inspecteur se montrant à l'occasion plus chinois que son adjoint.

L'ambulance de l'Hôpital Général surgit sur ces entrefaites, précédée par l'Austin de McCraddle. Le chauffeur ne prit pas de gants avec les coolies toujours attroupés au bord du quai et les dispersa à grands coups de klaxon rageurs pendant que la voiture du coroner allait rejoindre celles des deux policiers. Deux infirmiers tamouls descendirent nonchalamment avec une civière du véhicule marqué de la croix rouge. Pendant ce temps, le coroner sortit de son Austin et tira à lui les deux gaffes qui dépassaient du siège arriéré. Avec sa mallette et ses deux tiges crochues, on aurait dit un commerçant rondouillard de Raffles Place pris d'une envie soudaine d'aller taquiner la friture dans l'égout de la Rivière.

McCraddle fit signe aux deux Tamouls de le laisser prendre la tête du cortège funèbre. La planche plia légèrement sous son poids. Il passa devant le vieux Chinois, toujours figé dans son contentement insensible aux aléas de ce bas monde, sans lui accorder un regard.

– J'espère que vous ne m'avez pas dérangé pour rien, jeta-t-il à Collins après l'avoir salué.

– Rassurez-vous, docteur, répliqua sèchement Chen, ce n'est pas un Chinois.

Les petits yeux vaguement porcins, de McCraddle furent traversés par une lueur de colère vite réprimée.

– C'est un Blanc, dit Collins.

– Assassiné ?

– Je n'en suis pas sûr, mais il y a peu de chances qu'il soit venu prendre un bain ici de son propre chef…

Le coroner parut ne pas remarquer le ton sarcastique du policier.

– Ça va, répondit-il en tendant les gaffes à deux des trois fils du vieux Chinois. Allez, remontez-moi le macchabée !

Les deux adolescents s'exécutèrent sans un mot. Ils avaient l'habitude de ce genre de travail, sauf que c'était généralement pour remonter des prises trop lourdes pour leurs filets.

Après bien des efforts, ils finirent par tirer l'inconnu hors de l'eau et, aidés par leur frère, le firent passer par-dessus le bord du sampan. Le cadavre eut comme une hésitation puis roula lourdement sur le pont avec un bruit mou. Le rat mort eut le bon goût de ne pas le suivre.

Collins examina le visage de l'homme, maintenant allongé sur le dos. Il avait un œil fermé et l'autre ouvert. L'iris sombre semblait fixer un des trois adolescents. Il portait une moustache noire plutôt fine et avait des traits anguleux. L'inspecteur lui trouva un faciès slave et se dit que ça ferait encore un Russe blanc de moins qui ne verrait pas la chute des Soviets. Aucune blessure n'était apparente.

– Encore un qui s'est soûlé la gueule la nuit dernière et qui a fait un faux pas en rentrant chez lui…, grommela McCraddle. C'est vraiment dégoûtant de mourir noyé dans une pareille fosse à purin.

– C'est toujours dégoûtant de mourir, noyé ou pas, fit Chen.

– Laisse tomber la philosophie de fond de pub,

fils, et aide-moi donc à le fouiller, dit Collins.

Les deux policiers écumèrent en professionnels toutes les poches du mort. Ils ne ramenèrent rien de particulier : des clés, des pièces de monnaie et quelques petites coupures, plus une boîte de cigarettes Sobranies trempées et un briquet en or. Chen mit le tout dans un petit sac. Il y avait également un portefeuille et un passeport français. Collins ouvrit le portefeuille, fit s'écouler l'eau qui imbibait les compartiments et jeta un coup d'œil dedans, le tout sans que son visage ne laisse transparaître quoi que ce soit.

– Bon, dit-il en ajoutant le portefeuille au contenu du sac de Chen, on vérifiera tout ça au bureau quand il sera sec. Maintenant, voyons un peu à qui nous avons affaire.

Il feuilleta avec précaution le passeport. Par chance, l'eau n'avait pas totalement effacé l'encre. Sur la photo déformée, l'homme n'avait guère meilleure mine que dans son état actuel.

– Boris Konicheff. Né le 21 juillet 1892 à Kiev. Naturalisé français le 6 septembre 1925. À en croire ses visas, ce brave homme était un habitué de la ligne depuis quelque temps. Le dernier date de mercredi passé…

Collins se racla la gorge et tendit le passeport à Chen. Il se tourna ensuite vers McCraddle, qui avait déjà l'air de s'impatienter.

– C'est bon. Il est à vous, docteur.

McCraddle fit signe à ses brancardiers. Les Tamouls chargèrent leur fardeau avec une absence totale d'émotion et reprirent la route du quai. Le médecin ramassa ses gaffes. Il s'apprêtait à partir lorsque Collins le retint par l'épaule.

– Vous pouvez me faire ça pour quand ?

McCraddle fit mine de réfléchir.

– De toute façon, ce n'est pas un meurtre ? Vous n'êtes donc pas pressé.

Collins eut un petit sourire, démenti par la lueur dure de ses prunelles.

– Mais c'est vous qui devez me dire si c'est un meurtre ou pas... Demain matin, ça m'arrangerait bien.

Le médecin leva les yeux au ciel.

– C'est bon, je tâcherai de vous faire ça pour midi.

– Je compte sur vous pour ne pas me couper l'appétit, d'accord ?

McCraddle lui répondit d'un vague geste de la main et passa sur l'autre sampan en écartant un peu les bras pour maintenir son équilibre. De larges taches de sueur maculaient sa veste au niveau des aisselles.

– Et nous, qu'est-ce qu'on fait ? demanda Chen en sentant sur eux le poids des regards des trois adolescents.

– On attend que notre ami le docteur ait fichu le camp d'ici avec son ambulance.

- Il vous indispose tant que ça ?

– Depuis le temps que je le fréquente, je suis vacciné. Non, je voudrais juste te montrer quelque chose, une fois qu'on sera à terre...

Collins évita un char à bœufs et montra sa Ford à son adjoint.

– Je t'offre un verre chez moi ?

Une fois assis à l'intérieur de la voiture, l'inspecteur passa la main sous le siège et en ramena un sac en papier contenant une bouteille de Johnnie Walker et un gobelet métallique.

Il servit Chen, attendit qu'il ait avalé cul sec le contenu de son verre comme s'il s'agissait d'une dose d'alcool de sorgho pour se verser à son tour une rasade.

Chen se rendit alors compte que deux coolies les observaient.

– Voilà qui ne va pas améliorer l'image de la police dans le coin, dit-il en les montrant discrètement à son chef.

– Je t'en prie, fils, laissons ce genre de fariboles aux grosses têtes de New Bridge Road[4]. Et puis je te signale que je ne suis plus de service et que sans ce maquereau que tu m'as dégoté, je serais déjà au Cricket Club.

– Ce maquereau ?

Collins hocha la tête et joua avec le bout de sa moustache rousse.

– Je te fiche mon billet que ton noyé était un rabatteur russe venu de France par le dernier paquebot.

– Tous les Russes ne sont pas dans la traite des Blanches, fit remarquer Chen, en jouant l'avocat du diable.

– Oui, il y a aussi ceux qui sont des agents des Soviets… Mais eux ne passent pas leur temps à se balader entre Marseille et Singapour. Passe-moi le sac avec les effets de ce type.

Chen le lui tendit. L'inspecteur coinça la bouteille entre ses genoux et ouvrit le sac pour y prendre le portefeuille humide.

– Regarde ça.

------

4 *Siège du quartier général de la police de Singapour.*

Les yeux de Chen s'étrécirent en découvrant la liasse de billets rangée dans le compartiment principal.

– Des dollars américains ?

– Exact, dit Collins en entrouvrant un peu plus le portefeuille. Et en billets de cent, comme tu peux le constater. Alors, fais un peu marcher ta petite cervelle...

Chen haussa légèrement les épaules.

– C'est possible. Il aurait livré sa marchandise et touché sa prime, c'est ça ?

Collins se contenta d'acquiescer et s'attaqua aux autres compartiments du portefeuille. Mais les papiers étaient trop imbibés d'eau pour qu'il se risque à les extraire sans les déchirer. L'inspecteur remit le tout dans le sac.

– Bon, tu vas retourner à Robinson Road[5] et tu vas appeler le port pour savoir quel paquebot est arrivé ici mercredi en provenance de Marseille. Dès que tu le sauras, contacte la compagnie à qui il appartient. Avec un peu de chance, il y aura bien encore quelqu'un pour te dire si notre homme était à son bord et s'il partageait sa cabine avec un autre voyageur. Ce genre de type ne voyage pas en troisième classe : ça ferait mauvais genre vis-à-vis de la dame à qui on a promis la grande vie. Et dès que tu as tout ça, tu me donnes un coup de fil au Cricket Club, d'accord ?

– C'est comme si c'était fait, lança Chen en descendant de la Ford.

Collins le regarda se diriger vers la voiture de service avec son sac à la main. Puis il remit sa bouteille sous son siège et démarra.

---

5 *QG de la Detective Branch de la police à Singapour.*

II

Six heures venaient de sonner à la cathédrale St. Andrew, toute proche du Cricket Club, lorsqu'un des serveurs vint avertir poliment Collins qu'il y avait un appel de la police pour lui. L'inspecteur posa le numéro du jour du *Straits Times* qu'il était en train de lire, avala une gorgée du deuxième gin-tonic glacé de la soirée et fila vers la cabine. En tirant la porte derrière lui, il sentit l'odeur de pain d'épice laissée par la pipe du dernier utilisateur.

– Ici Collins.

– C'est Chen, chef. J'ai trouvé le renseignement que vous m'avez demandé. Notre Russe est arrivé sur le *Rajputana* de la P. & O., mercredi dernier. Il avait bien embarqué à Marseille.

– Tout seul ?

Il y eut un petit silence sur la ligne. Juste le temps pour Collins de noter mentalement le renseignement.

– Non. On dirait que vous avez vu juste. Il avait loué une cabine en première classe pour deux personnes avec une certaine Mlle Hélène Gautier, elle aussi de nationalité française. Ils ne se refusent rien... Autre chose, ils avaient un billet jusqu'à Shanghai mais ils ne se sont pas présentés à l'embarquement le lendemain.

Les neurones de Collins se mirent à fonctionner à pleine vitesse en dépit de ce qu'il avait bu.

– Cela veut dire que la dame est sûrement un beau petit lot destiné à la meilleure clientèle et non au tout-venant. Et cette Hélène Gautier n'a pas déclaré la disparition de Konicheff, je suppose ?

– J'ai pensé à vérifier partout, répondit Chen, satisfait d'avoir pris l'initiative. Non, elle ne l'a pas fait.

– Drôle de comportement. Mais qui s'explique facilement si notre hypothèse est la bonne. Quant à cette histoire de billet pour Shanghai...

Collins leva les yeux vers le plafond noirci par la fumée de la cabine téléphonique. Shanghai... La Mecque dorée qui faisait rêver toutes les prostituées d'Europe. Et si c'était ça, la solution ?

– Eh, fils, après tout, rien ne nous dit que la fille n'était pas consentante...

– Vous pensez qu'elle voulait aller faire fortune à Shanghai ?

– Ce ne serait pas la première, non ? Tu connais le topo : on y fait la poule de luxe pendant quelques années puis, avec un peu de doigté dans les affaires, on devient la patronne d'une maison avec pignon sur rue et on finit dans la bonne société. Ce ne sont pas les exemples qui manquent.

Collins se tut à nouveau pour réfléchir.

– Ah oui, chef, il y a autre chose, dit Chen au bout d'un instant, comme s'il avait voulu ménager son effet, McCraddle a appelé.

– Déjà ?

– Oui. C'était pour dire qu'il n'avait pas fait l'autopsie mais qu'il était certain que c'était un meurtre et que la mort remonterait à la nuit dernière. En déshabillant le corps à la morgue, les infirmiers ont vu un petit trou sous le sein gauche. McCraddle pense que notre homme a été tué avec une longue épingle ou quelque chose de ce genre. Il vous en dira plus demain, quand il aura ouvert son client.

« Tiens, tiens... », songea Collins.

Si la mort du Russe remontait seulement à la nuit d'avant, ça signifiait que c'était peut-être volontairement que le couple avait manqué le bateau. Ou, plus vraisemblablement, que c'était Konicheff qui n'avait pas voulu repartir. On attire le papillon avec la grosse lanterne de Shanghai et on le fait tomber en cours de route dans le filet de Singapour, là où personne d'ambitieux ne veut s'ensabler. Le bon vieux coup classique. Et puis, il y avait l'arme qui, au dire de McCraddle, avait tué le Russe. Qui pouvait très bien être une épingle à chapeau, un des moyens de défense favoris des prostituées.

— Fils, tu as fait du sacré bon travail, dit soudain Collins. Maintenant, tu rentres chez toi.

— Mais il faut que je fasse le rapport pour tous les trucs qu'on a trouvés sur le cadavre…

— Tu fiches tout ça dans un tiroir fermé à clé et on s'en occupera demain matin. Et pas de discussion, compris ?

Le soir tombait vite sous ces latitudes. Toujours seul à sa table, Collins regardait la nuit essayer sans succès de prendre possession des environs. L'éclairage public illuminait les grandes artères de la ville et des lumières plus espacées marquaient sur les hauteurs avoisinantes les emplacements de Fort Canning et du palais du Gouverneur. Avec le crépuscule arrivait une fraîcheur bienfaisante que seules s'obstinaient à repousser les rues étroites et populeuses de la ville chinoise, en proie à une agitation qui semblait sans fin.

Le club se remplissant rapidement, Collins décida de lever le camp avant de tomber sur une quelconque connaissance encombrante, impatiente de s'entendre raconter les dernières affaires horribles ou croustillantes sur lesquelles pouvait enquêter l'inspecteur. Il demanda au serveur de mettre tout sur sa note et descendit reprendre sa Ford qui l'attendait non loin des piliers blancs soutenant la terrasse s'avançant au-dessus de l'entrée du club. De l'autre côté de la rue, deux taxis s'arrêtèrent dans un crissement de pneus pour prendre une poignée de marins déjà éméchés au pied du théâtre Victoria.

Collins passa successivement, devant les bâtiments trapus et massifs de la Cour suprême et de la mairie avant de tourner au coin de la pelouse sur laquelle était posée la cathédrale St. Andrew, avec sa flèche pointée fièrement vers les rares étoiles qui parvenaient à profiter des trous de la couverture nuageuse. Stamford Road l'emporta ensuite entre la butte de Fort Canning et le canal dominé par la tour du Cathay pour le jeter dans Orchard Road, la rue chaude la plus connue des touristes transitant par Singapour, l'équivalent local de la célèbre rue Catinat de Saigon.

Collins apprécia de voir le canal disparaître sur sa droite, mais le mal était fait : le visage du Russe noyé venait de resurgir à la surface de son esprit comme un masque grimaçant, bien décidé à ce qu'on ne le laisse pas tomber.

L'inspecteur n'avait pas eu l'intention de l'oublier mais plutôt de repousser le problème jusqu'à un peu plus tard dans la soirée, lorsque le moment serait venu d'avoir une petite conversation avec Marna Wang.

Tout en conduisant avec assez d'attention pour éviter les chiens et. les piétons qui traversaient Orchard Road comme s'ils n'avaient pas. été au courant de l'invention de l'automobile, il finit par parvenir à repousser le spectre venu de l'eau sale de la rivière. Comme les Chinois, il considérait que la cuisine était un art et que la mort n'avait pas sa place dans la cérémonie d'un bon repas.

Abandonnant sa Ford un peu après le grand rond-point coupant l'artère à sa rencontre avec Clemenceau Avenue, l'inspecteur, s'enfonça dans le dédale de la ville chinoise, largement annoncée par les échoppes serrées les unes contre les autres le long du large caniveau bordant Orchard Road. Au-dessus d'elles se déployaient, telles de mystérieuses et douteuses bannières, d'innombrables pièces de linge en train de sécher le long de hampes fixées aux fenêtres et braquées sur la rue. Collins se faufila entre les pousses qui encombraient la chaussée et s'enfonça dans une ruelle étroite s'ouvrant sous une publicité pour les cigarettes Golden Spécial peinte sur le mur crasseux d'une des rares maisons à deux étages du quartier.

Déjà perceptible de l'avenue, l'odeur parut se jeter sur lui et profiter du moindre interstice dans ses vêtements pour venir se coller à sa peau. Une odeur faite d'un mélange d'urine, de viande grillée, d'excréments, d'épices, de sueur et de friture. Bien plus que la mauvaise réputation du labyrinthe, c'était là ce qui repoussait le plus le Blanc peu habitué aux choses de l'Asie, lequel préférait se cantonner aux night-clubs illégaux mais ayant au moins pignon sur rue…

Collins, lui, ne les fréquentait que dans un cadre strictement professionnel, lorsqu'il fallait un peu chauffer les pieds à un gang local affilié de près où de loin aux grandes Triades chinoises. Le spectacle des taxi-girls fatiguées en quête d'une proie à plumer lui donnait la nausée, sans parler des tableaux vivants de filles nues dressés pour émoustiller le gogo. Il leur préférait de loin les spécialités de Marna Wang, même s'il lui fallait traverser un vrai cloaque pour aller les déguster.

La vie ne s'était pas arrêtée avec la nuit et le jour avait été remplacé dès sa disparition par une débauche de lumières électriques et d'enseignes lumineuses bariolées pendant que des colporteurs couraient sans cesse après d'éventuels clients en agitant des lanternes et des torches. Collins vit un gamin s'accroupir pour faire ses besoins au coin d'un carrefour si étroit qu'un pousse aurait eu du mal à y manœuvrer. À trois mètres de là, un borgne d'âge indéterminé proposait des beignets et des galettes. Il invectiva sans résultat l'enfant pour qu'il s'écarte et ne réussit qu'à déclencher l'hilarité d'une vieille femme édentée assise sur une caisse non loin de là.

La présence de Collins ne semblait étonner presque personne, sans doute parce que le simple fait qu'il soit là indiquait en lui le *tuan* piqué par la mouche délicieusement venimeuse de l'Asie, comme lui avait dit un jour un trafiquant d'opium de Hong Kong. En fait, l'inspecteur était comme un poisson dans l'eau au milieu de cette cohue colorée et assourdissante qui, contrairement à ce qui se passait pour la plupart des Occidentaux, ne parvenait pas à lui cacher tout le jeu des Fils de l'Empire du Milieu. « Sans ça, il y a belle lurette que j'aurais été viré ou mis au placard ! » se disait-il à chaque fois qu'il y pensait.

La ruelle se sépara en fourche. Collins évita le seau d'un porteur d'eau, repoussa un vieillard sans bras qui tenait sa sébile entre ses dents et finit par s'infiltrer dans la populace encombrant la rue de droite. Quelques jurons bien sentis plus loin, il arriva enfin en vue de l'enseigne verticale et rehaussée par des ampoules teintes en rouge et bleu qu'il cherchait : les Mille Plaisirs en Fleur. L'établissement de Mama Wang.

Une porte de meilleure qualité que ce à quoi on aurait pu s'attendre s'ouvrit dès que l'inspecteur eut été dévisagé au travers d'une petite ouverture grillagée découpée à hauteur d'homme dans le battant.

– La bienvenue, sir inspecteur, dit Tchao-tong, à la fois videur de l'établissement et bras droit de Mama Wang, dans son anglais de cuisine habituel...

Collins salua d'un bref hochement de la tête le géant taillé comme un lutteur de Sumo.

– Marna Wang est là ?

Un drôle de sourire ressemblant à un rictus déforma la bouche du Chinois.

– Non, pas là. Être partie chercher nouvelle *mui-tsai*[6]. Mais si sir inspecteur veut manger pour attendre, Mama Wang revenir bientôt.

– Alors, allons dîner ! répondit Collins en s'avançant dans le couloir aux murs passés-à la chaux.

Le bruit de la rue se réduisit à une cacophonie assourdie lorsque le géant referma la porte. Collins déboucha rapidement dans une de ces petites cours intérieures qu'affectionnent les Chinois, sur laquelle s'ouvraient plusieurs minuscules appartements d'une ou deux pièces au maximum. Mais, contrairement à l'habitude, la cour était d'une

---

6 *« Petites sœurs » en cantonais, jeunes prostituées chinoises, souvent mineures, en vogue à Singapour et dans les grandes villes d'Asie du Sud-Est.*

propreté presque parfaite, et on n'y voyait ni animaux domestiques ni gamins déguenillés. Une demi-douzaine de tables en bois étaient installées sous une toile de tente tendue entre six pieux fichés dans le sol de terre battue. Des lanternes de papier coloré éclairaient le tout d'une lumière tamisée et Collins entendit des gloussements traverser les portes et les fenêtres masquées par des rideaux.

Conduit, par Tchao-tong, il passa sous la toile et choisit de s'asseoir à la table la plus éloignée de l'entrée de la cuisine après avoir salué de la tête les deux Chinois d'un certain âge qui dînaient à quelques mètres de là. Les deux hommes vêtus à l'européenne lui rendirent son salut avec un sourire puis reprirent leur conversation sans s'étonner apparemment de la présence d'un Blanc : la discrétion était une des règles d'or observées par les clients de Marna Wang.

Tchao-tong disparut dans la cuisine et l'inspecteur ferma les yeux pour se laisser aller contre le dossier de son fauteuil en osier et savourer le calme de l'endroit après la cohue qu'il venait de traverser. Un calme seulement rompu de temps à autre par les bruits furtifs et les chuchotements des pensionnaires de Marna Wang et par la conversation à voix basse des deux Chinois. Soudain, Collins sentit une présence près de lui et se redressa à demi. Il découvrit alors une jeune fille à peine sortie de l'adolescence en train de déposer sur la table un verre de gin-tonic et un bol de porcelaine contenant une douzaine de boutons de lis.

– Bonjour, Petit Jade, dit-il avec un regard rapide en direction de la cuisse soyeuse révélée par la longue fente de la robe fourreau noire rehaussée de motifs dorés.

– Bonjour, inspecteur, répondit la jeune fille. Tchao-tong vous demande de bien vouloir accepter un peu de votre boisson favorite en attendant votre repas.

Collins eut un petit rire.

– Tu le remercieras de ma part. Sais-tu que tu embellis de jour en jour, Petit Jade ?

Une lueur de plaisir passa dans les yeux verts de la jeune fille, un trait physique extrêmement rare chez ses congénères et qui lui avait donné son nom.

– Le *tuan* inspecteur a le regard brouillé par la gentillesse, sourit-elle avant de s'éclipser aussi discrètement qu'elle était venue.

Petit Jade était la nièce de Mama Wang et, en quelque sorte, le trait d'union qui liait la vieille Chinoise à Collins. Ses parents avaient été assassinés par des tueurs du cartel Wu Chang, une triade spécialisée dans la traite des femmes et dans le trafic d'armes avec les nationalistes de Tchang Kaï-chek. Elle ne devait d'avoir été épargnée qu'à une intervention rapide et musclée de l'inspecteur sur les lieux du crime, à la suite de quoi Mama Wang avait décrété que Collins serait désormais chez lui aux Mille Plaisirs en Fleur. Mais, si Collins avait accepté cette hospitalité, il s'était toujours fait un point d'honneur de payer ses repas et ses *mui-tsai* suffisamment âgées pour être intéressantes, préférant pousser Mama Wang à rembourser sa prétendue dette sous forme de renseignements.

Il but une gorgée de son gin-tonic puis prit un bouton de lis encore chaud, libérant un goût de gingembre et de crevette dans sa bouche. Pendant ce temps, Tçhao-tong vint servir les deux autres clients qui n'avaient pas cessé de converser à voix basse tout en piochant dans une assiette de jambon au miel. Collins lui fit un clin d'œil en levant son verre et le Chinois eut à nouveau un de ses sourires bizarres. Un instant plus tard, il s'approcha du policier.

– Merci pour le verre, mon ami, dit Collins. Que nous proposes-tu ce soir ?

Le géant leva, les yeux vers le ciel couvert, comme pour y chercher l'inspiration.

– Crevettes Setchouan très bonnes, sir inspecteur. Et raviolis *won-ton* pareil, pour commencer.

– Alors, allons-y, je te fais confiance. Et mets-moi aussi une bouteille de rosé d'Australie.

Le début de soirée fut plutôt calme pour les affaires de Mama Wang. Les deux dîneurs chinois s'en allèrent une demi-heure plus tard après avoir salué le policier et personne ne vint les remplacer. Quelques clients étaient venus prendre un peu de plaisir dans les bras des *mui-tsai* confinées dans les minuscules appartements cernant la cour. Tous des Chinois assez âges et quelquefois vêtus de façon traditionnelle. Sa tante absente, Petit Jade s'était métamorphosée en hôtesse sans que Collins fût capable de lire quoi que ce soit dans son regard vert : en Chine, une jeune fille n'était pas censée avoir d'opinion, y compris sur la prostitution des enfants.

Collins achevait tranquillement sa bouteille de rosé tout en dégustant des toffees à la banane lorsque trois coups de cloche secs à la porte annoncèrent enfin le retour de Mama Wang.

Tchao-tong surgit instantanément de la cuisine et courut s'engouffrer dans le couloir, Collins entendit les échos d'une brève conversation en chinois au cours de laquelle son nom fut cité. Puis. Mama Wang entra dans la cour, suivie par une gamine qui ne devait pas avoir plus de douze ans et que poussait Tchao-tong. Son vieux visage ridé s'éclaira d'un sourire de grand-mère gâteau lorsqu'elle aperçut Collins.

– Que je suis heureuse de te voir, mon diable blanc de fils ! lançait-elle d'une voix à la fois fluette et volontaire. Je commençais à croire que tu avais oublié mon existence...

– N'exagérons rien, répondit Collins tout en observant la fillette avec attention. Il est simplement dommage que tu n'aies pas pu partager mon repas.

Mama Wang eut un sourire qui lui plissa les yeux. C'était une Chinoise du Sud et sa peau était couleur cuivre foncé. Elle avait un nez un peu épaté et les cheveux gris. À côté de Tchao-tong, elle semblait minuscule dans ses vêtements bleu sombre sans la moindre touche de couleur qui la faisaient ressembler à n'importe quelle vieille femme de la ville chinoise.

– Tu arrives toujours sans prévenir ! lui reprocha-t-elle. Et ce soir je devais absolument aller chercher le bouton de rose que voilà...

L'inspecteur évita de penser aux tractations sordides qui avaient certainement conduit la fillette jusqu'à Singapour. Sans doute l'histoire classique d'un père voulant se débarrasser d'une bouche inutile contre une poignée de yuans. Une bonne poignée, s'il avait su palabrer correctement avec le rabatteur, car la petite était exactement ce qu'avait dit Mama Wang : un vrai bouton de rose. Deux grandes nattes réunissaient ses cheveux sur ses épaules et son petit visage rond et lisse lui conférait un air de madone enfantine.

La vieille Chinoise se tourna vers Tchao-tong qui attendait, imperturbable, la main posée sur la frêle épaule de la fillette.

— Va nous chercher une bouteille d'alcool et dis à Petit Jade de lui faire prendre immédiatement un bain, lui lança-t-elle en chinois. Demain on commencera son éducation...

« Dressage serait plus approprié... », songea Collins.

— Et dis à Lien-houa de se préparer. Ce sera mon modeste présent pour l'inspecteur afin qu'il me pardonne de l'avoir laissé manger face à une chaise vide, ajouta-t-elle-avec un clin d'œil en direction de Collins.

Celui-ci se redressa, confus d'avoir laissé transparaître l'autre objet de sa venue. Mama Wang l'arrêta d'un geste de la main. Elle eut un petit haussement d'épaules et s'assit à la table.

— Inutile de discuter, mon fils. Tes yeux ont déjà accepté. Et profites-en bien car Lien-houa est devenue trop âgée pour ma clientèle et je vais devoir me séparer d'elle. Si ses papiers n'ont pas été trafiqués, elle vient d'avoir 18 ans ! Quant à la gamine que je viens de ramener, imagine-toi qu'elle n'est déjà plus vierge... J'ai vérifié avant de l'acheter et j'ai pu faire bien baisser son prix à ce vieux singe de Ting qui m'affirmait le contraire.

— Je te remercie, dit Collins.

Tchao-tong revint avec une bouteille d'alcool de sorgho et deux tasses minuscules en porcelaine bleu et blanc qu'il remplit avec une précision quasi miraculeuse chez un pareil géant. Puis il reposa la bouteille et se dirigea vers l'une des portes donnant sur la cour et à laquelle était apparu un client en train de mettre son feutre gris. L'homme lui glissa une liasse de billets et vint saluer la maîtresse des lieux avant de s'en aller.

– À ta santé, diable blanc ! fit Mama Wang en levant son verre avant de le vider cul sec.

Collins l'imita et sentit un filet de feu descendre lentement dans sa gorge.

– Ça réveillerait un mort ! dit-il en clignant des yeux.

Puis il se souvint du Russe noyé et regretta cette réflexion.

– Alors, voilà de quoi en réveiller un autre… déclara Mama Wang en le reservant. Et maintenant, l'honorable inspecteur pourrait-il me dire si sa visite est totalement désintéressée ou pas ?

Collins but son verre avant de répondre.

– Pas totalement désintéressée, je dois te l'avouer. Disons que j'ai joint l'utile à l'agréable.

La vieille Chinoise hocha la tête et il lui raconta en détail la découverte du cadavre coincé sous le sampan, saupoudrant le tout des soupçons qu'il nourrissait sur l'affaire.

– Je vais me renseigner, dit Mama Wang lorsqu'il eut terminé. Je ne te promets rien mais il se peut que je trouve quelque chose car dans cette ville, la mort d'un Blanc est comme un fruit pourri dans la corbeille d'un marchand : elle contamine vite ce qui l'entoure.

– J'apprécie ton aide, Marna Wang.

– Chaque fois que mes yeux se posent sur Petit Jade, je mesure à sa juste valeur la dette que j'ai envers toi, inspecteur, répondit-elle en leur reservant un verre de feu liquide.

Un bruit de pas fit se retourner Collins. Lien-houa venait de d'apparaître dans la cour, accompagnée par Petit Jade. C'était une sorte d'elfe aux yeux bridés. Elle était enveloppée dans une robe rouge et blanc sans manches, piquetée de motifs dorés, qui descendait presque jusqu'au sol. Ses cheveux étaient ramenés en un chignon retenu par des épingles multicolores et une frange qui lui retombait sur le front. Un léger maquillage rehaussait ses yeux et l'éclat de ses lèvres.

– Et voilà celle qui va te faire joindre l'agréable à l'utile, sourit Mama Wang en, faisant signe à la jeune fille de s'avancer vers eux sous le regard impénétrable de Petit Jade.

Le *compartment* était petit mais meublé avec goût. Une tapisserie rouge dans laquelle l'image d'un dragon noir était prise au piège recouvrait le mur le long du lit en brique, un *kang* auquel Mama Wang avait fait ajouter un matelas par souci de confort pour ses clients occidentalisés. En face se dressait le petit meuble en bois laqué dans lequel Lien-houa rangeait ses affaires personnelles depuis qu'elle avait assez travaillé pour en posséder. Dessus, il y avait un brûleur d'encens en métal et un coffret ouvragé contenant les morceaux de matière odoriférante, Une grosse lanterne de bois et de papier pendait au centre du plafond. Petit Jade appuya sur l'interrupteur et se retira sans un mot, laissant Collins et la jeune fille face à face dans une lumière reposante pour les yeux.

L'inspecteur tritura une des extrémités de sa moustache rousse et alla s'asseoir sur le bord du lit.

Lien-houa s'approcha de lui en le regardant droit dans les yeux. Il prit conscience de son parfum et une odeur entêtante de vanille s'insinua dans ses narines déjà frémissantes.

Il tendit la main et la posa sur la hanche de la fille. Là robe était fermée sur le côté par une série de boutons allant de l'aisselle gauche jusqu'à mi-cuisse, Ils sautèrent les uns après les autres et lorsque le dernier fut dégagé Collins retint sa respiration et écarta lentement le tissu rouge, dévoilant le corps doré.

Ses doigts glissèrent en tremblant légèrement sur les seins fermes, s'attardèrent sur les petites aréoles jusqu'à ce que les tétons se durcissent. Puis sa main descendit lentement jusqu'au nombril. Elle s'y arrêta une seconde avant de poursuivre sa progression vers le bas.

Lorsqu'il toucha l'étroite toison noire qui surgissait entre les cuisses déjà entrouvertes de Lien-houa, Collins ferma les yeux et approcha son visage du ventre plat en étouffant un bref gémissement de plaisir anticipé.

III

Il y avait un nom inscrit sur le morceau de papier : Koo Chao-li. Il était suivi d'une brève phrase en chinois disant que le Russe avait été tué par une femme blanche.

Collins émit un soupir et but une gorgée de café brûlant. Toute la fatigue que n'avaient pas pu éponger les quelques heures de sommeil qu'il venait de s'accorder avait instantanément disparu sitôt qu'il avait lu le billet apporté par un gamin qui s'était aussitôt évanoui dans la cohue de la rue.

Collins craqua une allumette et le morceau de papier se recroquevilla dans le cendrier posé à côté de sa tasse. Comme d'habitude la nuée d'informateurs de Mama Wang avait fait du bon travail.

Savoir que Koo Chao-li était derrière tout ça constituait pour lui à la fois un soulagement et une source d'inquiétude. Un soulagement parce que c'était la preuve qu'il avait vu juste, et une inquiétude parce que le personnage était dangereux.

Surnommé le Serpent, y compris par ses amis, Koo était un seigneur du crime affilié à la triade du Gang Vert et au Kuomintang[7] qu'il ravitaillait en argent. La traite des femmes était une de ses spécialités et aucun policier n'aurait été capable de donner le nombre exact des night-clubs et bordels de tous ordres qu'il possédait d'un bout à l'autre de la Malaisie.

Collins se leva, jeta un coup d'oeil par là fenêtre pour voir si le boy ne s'apprêtait pas à revenir, puis décrocha le téléphone de sa potence. Il était tôt mais Chen était du genre matinal.

– Salut, fils, dit Collins. Tu es seul ? Ça va. J'ai du neuf au sujet du Russe. C'était bien un passeur. Il travaillait pour Koo Chao-li.

– Mama Wang est toujours aussi. efficace, fit Chen à l'autre bout du fil, avec comme un sourire dans la voix.

– Oui. Il semblerait également que ce soit la fille qui lui ait fait faire le grand saut, mais ça reste à prouver. Bon, tu me prends le dossier de presse de Koo et tu viens chez moi.

---

7 *Parti nationaliste chinois dirigé par Tchang Kaï-shek, ennemi juré de Mao Tsé-toung.*

– Il faut que je fasse la liste de tout ce que le Russe avait dans les poches...

– Ça attendra bien encore un peu. Assure-toi seulement que tes tiroirs sont fermés à clé. À tout de suite, fils.

Après avoir raccroché, Collins alla se resservir une autre tasse de café. Tout en la buvant il refit le plein de la cafetière et la posa sur le feu. Le café serait juste à point quand son adjoint arriverait.

– Et voilà, dit Chen en déposant une chemise verte sur la table du salon.

Collins, qui venait de renvoyer son boy faire une course pour avoir la paix, apporta un plateau avec la cafetière et les tasses, plus une bouteille de bourbon largement entamée. Chen l'observa avec un certain amusement en se disant que l'appartement de l'inspecteur n'était pour lui qu'une sorte de campement pour la nuit, trois pièces meublées sans goût et aérées par les inévitables ventilateurs de plafond. Le tout dans un quartier où résidaient peu de Blancs. Une femme y aurait vite mis bon ordre mais celles qu'aimait fréquenter Collins n'avaient pas l'habitude de se servir d'un balai...

Chen s'assit, prit la tasse qu'on lui tendait et ouvrit le dossier où se trouvaient rassemblés les articles et photos concernant Koo Chao-li parus dans la presse locale. Tous les autres caïds chinois sévissant dans les Settlements[8] et dans les sultanats malais avaient droit à un press-book identique.

---

8 *Les Straits Settlements étaient constitués de quatre territoires en Malaisie (Penang, Malacca, Dinding et Singapour, et formèrent entre 1867 et 1946 une Colonie de la Couronne.*

C'était une idée de Collins qui avait fait ricaner nombre de ses collègues de la Criminelle jusqu'au jour où le banal compte rendu d'un enterrement en grande pompe avait permis 1'arrestation du maître des tueurs du Lotus Noir. Depuis, plus personne ne faisait de réflexion en voyant Chen ou son chef découper les journaux.

– Bois ton jus, fils, et laisse-moi regarder.

Collins n'eut pas à feuilleter longtemps les documents avant de tomber sur une grande photo tirée du *Weekly Straits* montrant Koo en train d'offrir à une œuvre de charité pour les orphelins de la colonie une infime partie de ses revenus illégaux. Peut-être venue tout droit des bénéfices tirés de la prostitution enfantine, songea Collins en se souvenant de la *mui-tsai* de Marna Wang. Quelques épouses de grosses légumes de Singapour regroupées autour de la femme du gouverneur suivaient la scène d'un air de marbre. Mais Collins ne leur accorda aucune attention car son regard investigateur venait de repérer un visage parmi l'assistance : celui de Boris Konicheff.

Collins nota la date. La photo remontait à l'année précédente. Il la tendit à Chen et poursuivit son exploration du dossier, mais sans rien trouver de plus.

– C'est plutôt maigre, chef…

– Pas tant que ça, fit Collins en refermant la chemise cartonnée avec un claquement. Ça prouve au moins que Koo connaissait le Russe. Crois-moi, Konicheff n'est sûrement pas entré dans cette sauterie surveillée par les gardes de Koo avec une invitation du gouverneur...

– D'accord... répondit Chen en finissant son café. Et maintenant, qu'est-ce qu'on fait ?

Collins se servit un fond de bourbon et leva sa tasse comme pour porter un toast.

– On va rendre une petite visite à ce cher Koo Chao-li, tiens !

Koo avait gardé d'une enfance passée sur les sampans de la rivière des Perles à Canton un goût pour les résidences flottantes. Il vivait sur un yacht somptueux baptisé *Pacific Pearl* et ancré au large du doigt de terre de Tanjong Rhu qui, contournant le site du futur aérodrome civil et son plan d'eau pour les hydravions, pointait presque droit vers l'hôtel Raffles..

Partie du Johnston's Pier qui s'engageait au-dessus de l'eau au niveau du croisement séparant la ligne des grands immeubles commerciaux de Collyer Quay de la silhouette massive du Fullerton, la vedette envoyée par le Chinois accosta dix minutes plus tard contre le flanc immaculé du yacht qui brillait sous les feux du soleil déjà haut dans un ciel où somnolaient quelques nuages cotonneux.

Collins regarda les grands buildings blancs du quartier des affaires et la ligne des navires à quai dans Keppel Harbour. Puis il fit signe à Chen de le suivre et s'engagea sur l'échelle de coupée sous les regards impassibles de l'équipage asiatique de la vedette. Aucun des Chinois n'avait d'arme apparente mais les deux policiers savaient que des revolvers étaient prêts à jaillir à la première occasion.

En haut de l'échelle, ils furent accueillis par des gardes en blouse et en pantalon noirs qui les fouillèrent rapidement et d'une main experte mais sans trouver d'armes.

Un personnage vêtu d'une robe traditionnelle chinoise bleu ciel décorée de motifs dorés s'avança alors et inclina brièvement la tête.

– Mon maître vous souhaite la bienvenue dans sa demeure, dit-il en anglais, d'une voix aussi lisse que son visage. Il vous demande de bien vouloir me suivre.

Collins acquiesça d'un bref, hochement de tête pendant que Chen inspectait les lieux à la dérobée, repérant les nombreux gardes postés dans les superstructures du navire. Tous les observaient avec l'attention d'une coccinelle venant de repérer une cochenille.

Le majordome les emmena vers la plage arrière du yacht protégée du soleil par une toile blanche tendue au-dessus du pont recouvert d'un parquet si entretenu qu'on aurait pu le croire recouvert d'une mince couche de verre.

Ils s'approchèrent d'une table noir et or en bois laqué autour de laquelle se trouvaient trois chaises à haut dossier que des coussins de soie rouge rendaient plus confortables. Le majordome leur fit signe de s'asseoir sur deux d'entre elles.

– Mon maître va venir dans un instant, dit-il avant de frapper dans ses mains.

Une porte s'ouvrit et une jeune Chinoise enveloppée dans un fourreau rouge et noir apparut emportant un plateau en argent qu'elle déposa au centre de la table. S'y trouvaient deux carafes et trois verres en cristal ainsi qu'un seau à glace en argent. Sans un mot, la fille tourna les talons et fut avalée par la porte sous le regard impassible du majordome. Collins pensa à ces personnages mécaniques qui surgissent de certains clochers européens pour marquer les heures avant de redisparaître à l'intérieur.

Un paquebot de la Dollar Line donna non loin de là un coup de sirène pour faire fuir un banc de sampans et brisa le charme qui semblait couper la plage arrière du yacht du reste du monde. Et comme l'aurait fait un génie jaillissant de sa bouteille, Koo Chao-li se matérialisa subitement dans l'encadrement de la porte. Il parut glisser sur le parquet du pont pendant que deux Chinois armés de mitraillettes Thompson s'immobilisaient de chaque coté de l'ouverture.

Collins comprit que ce déploiement de force voyant – et illégal – avait surtout pour but de faire comprendre aux deux policiers qu'ils venaient de mettre le pied sur un territoire où leurs plaques de la Straits Settlements Police ne leur assuraient plus aucune protection. Chen et lui se levèrent.

Avec son chapeau en feutre, sa veste grise fermée au ras du cou et son pantalon noir, Koo n'avait rien d'exceptionnel. Son visage était emprisonné dans les mailles d'un filet de rides et seuls ses yeux noirs perçants animaient ce masque tanné par les ans. Des yeux qui semblèrent vouloir transpercer le crâne de Collins, comme pour lire ses pensées.

Chen se sentit brusquement mal à l'aise lorsque Koo s'arrêta en face d'eux.

– Je suis très honoré de votre visite, messieurs, dit-il de la voix un peu sifflante qui était à l'origine de son surnom. Un peu étonné, également, ajouta-t-il en s'asseyant dans un bruissement de soie.

Collins se rassit et ouvrit la bouche pour lui répondre mais Koo l'interrompit d'un geste de la main.

– Toutefois, cet étonnement ne doit pas faire oublier les lois de l'hospitalité Que désirez-vous boire, messieurs ? J'ai ici le meilleur whisky et le meilleur gin que l'on puisse trouver à Singapour.

– Jamais pendant le service, répondit Chen, qui commençait pourtant à avoir la gorge sèche,

Collins lui jeta un regard dénué de tout sentiment puis reporta son attention sur leur hôte.

– Le détective Chen a encore une longue carrière à parcourir, ce qui explique son respect un peu excessif des règlements. Ce n'est pas mon cas et j'accepterai bien volontiers un gin sur glace.

Koo bougea la main et le majordome servit Collins puis son maître. Les deux hommes levèrent leur verre et burent chacun une gorgée d'alcool avant l'ouverture des hostilités.

– Koo, un de vos hommes à été retrouvé hier noyé dans la rivière Singapour, attaqua Collins. Boris Konicheff, un Russe blanc naturalisé français. Vous le savez très bien et c'est pour ça que vous avez accepté si vite cette visite informelle de notre part.

Le Chinois reposa son verre. Le cristal tinta légèrement contre l'argent du plateau.

– Je vais vous décevoir, inspecteur, siffla-t-il, mais je n'ai pas l'honneur de connaître l'homme dont vous me parlez.

Collins but un peu de gin avant de tirer une enveloppe de sa veste. Il en sortit la photo du *Weekly Straits*, la déplia et posa le doigt sur un des visages

– Cessons de finasser, Koo. Ce type-là, c'est Konicheff et s'il était là au milieu de vos sbires, c'est que vous le connaissiez parfaitement. Il fait souvent la navette entre Marseille et Singapour et il est arrivé ici mercredi dernier sur le *Rajputana* de la P. & O. en compagnie d'une Française nommée Hélène Gautier. Tous deux avaient un billet pour Shanghai mais ne se sont pas présentés le lendemain au départ du bateau. Depuis la fille a elle aussi disparu et je suis prêt à parier que c'est elle qui a tué Konieheff. Les épingles à chapeau sont une des armes favorites dès prostituées européennes.

Koo se laissa aller contre le dossier de sa chaise.

– Voilà une bien triste histoire, inspecteur.

– Elle risque d'être encore plus triste pour vous, Koo, si je ne retrouve pas la Française vivante.

Cette fois, le Chinois se pencha en avant, jeta un regard glacé à Chen puis fixa Collins droit dans les yeux.

– Savez-vous inspecteur que c'est une faute de goût impardonnable de menacer quelqu'un qui vous offre l'hospitalité ?

– Collins eut un demi-sourire qui releva un bout de sa moustache et but une gorgée de gin.

– Je ne suis pas venu en ennemi, Koo, sinon votre magnifique yacht grouillerait déjà de policiers sikhs en armes. La mort de Konicheff ne me fait ni chaud ni froid. Je suis venu pour discuter affaires et pour ça, j'ai besoin de savoir ce qui s'est passé et ce qu'est devenue Hélène Gautier.

– Finalement, j'accepterais bien un verre de whisky, déclara Chen qui essayait de comprendre.

Koo profita du bref répit pour réfléchir.

– Je vais vous raconter, une histoire, inspecteur.

– Ça tombe bien, j'aime les histoires. Surtout quand elles sont contées par des spécialistes en la matière.

Koo ne releva pas. Ses yeux devinrent deux échardes de verre plantées en biais dans le cuir de son visage.

– Il y a quelque temps de cela, un ami à moi dont je tairai le nom m'a parlé d'un Blanc qui était venu d'Europe avec une très belle fille qui ne rêvait que de faire carrière à Shanghai. Mais l'homme l'a revendue à un puissant seigneur de Singapour sans le lui dire. Quand elle l'a appris elle a fait celle qui acceptait son sort. La veille au soir du départ du Blanc, elle a tenu à faire avec lui un dernier tour de la ville. Par faiblesse, son nouveau propriétaire a accepté, mais en prenant la précaution de faire suivre discrètement le couple par deux de ses hommes. Malheureusement, alors que le couple s'était arrêté sur New Bridge pour regarder les sampans de la rivière Singapour, la femme a sorti une longue aiguille de son sac à main et a tué le Blanc, qui a basculé dans l'eau.

– Et les hommes de main se sont saisis de la femme mais n'ont pas pu retrouver le Blanc tombé à l'eau avec l'argent de la transaction sur lui… compléta Collins en jouant avec la pointe de sa moustache rousse.

Koo acquiesça.

– Vos capacités de déduction vous font honneur, inspecteur.

– Et qu'est-ce que ce mystérieux seigneur de Singapour a décidé pour la femme ? demanda Collins en tendant son verre pour que le majordome remette de quoi faire flotter à nouveau le glaçon.

Le Chinois prit ce qui aurait pu passer pour un air désolé chez un dragon de Komodo.

– La punition habituelle pour que cette femme se souvienne jusqu'à son dernier souffle de son erreur. Mais mon ami ne m'a pas dit dans combien de temps il comptait le faire.

« La punition habituelle... » songea Collins. Une marque indélébile sur le visage, l'intoxication à l'opium et l'abattage avec les coolies dans un bordel clandestin et crasseux jusqu'à ce que mort s'ensuive... Exit le beau rêve de Shanghai.

– À mon humble avis, la colère a été mauvaise conseillère pour ce seigneur, dit-il.

– Vous trouvez ? Qu'auriez-vous donc fait à sa place ?

– Je me serais penché un peu plus sur la psychologie de cette femme. En tuant le Blanc, elle ne voulait que se venger d'un homme qui l'avait trahie, pas désobéir au seigneur. La mansuétude de celui-ci l'aurait certainement touchée. D'autre part, imaginons un instant que la police retrouve le cadavre du Blanc, fasse la relation entre lui et la femme grâce aux billets de bateau puis entre lui et le seigneur à l'aide d'une banale photo de magazine... Que de tracasseries en perspective pour le seigneur et ce, en dépit de toutes les protections dont il pourrait bénéficier...

– Auriez-vous une solution à proposer pour résoudre ce problème ? demanda Koo en trempant les lèvres dans son verre.

Collins haussa légèrement les épaules et jeta un regard rapide à Chen.

– Oui, envoyer la femme sous une autre identité là où elle voulait aller, c'est-à-dire à Shanghai. Car je suppose que ce seigneur étend certainement ses activités jusque là-bas, n'est-ce pas ? Et je suis sûr qu'il n'aurait qu'à se louer ensuite d'une aussi sage décision.

– Mais ne perdrait-il pas la face en ayant laissé ainsi bafouer son autorité ?

– Réaliser une bonne affaire n'a jamais fait perdre la face à qui que ce soit. Par contre, transformer une créature capable de s'attirer les faveurs des hommes les plus riches de Shanghai en une épave humaine réservée aux coolies n'est pas faire preuve d'un grand sens du commerce. La vengeance est mauvaise conseillère lorsqu'elle est appliquée sans discernement. La femme dont vous me parlez est un bon exemple.

Koo ferma les yeux une fraction de seconde.

– Mais il reste le problème posé par la police, dit-il en les rouvrant d'un coup.

Collins se tourna vers son adjoint.

– Fils, à ton avis, tu crois que l'enquête irait loin si la femme disparaissait définitivement de la colonie, et si personne ne voyait la photo du magazine tellement compromettante pour ce seigneur dont notre hôte nous a conté l'histoire ? Et si l'argent retrouvé sur le cadavre du Blanc lui était restitué sans qu'il subsiste de trace, une accusation de proxénétisme aggravé aurait encore plus de mal à tenir, hein ?

Chen déglutit péniblement et reposa son verre.

– Euh… oui. Le meurtre finirait dans le registre des affaires non élucidées. Après tout, Konicheff n'était qu'un voyou de second ordre et la police est très occupée.

Le regard de Collins revint sur le Chinois.

– Vous voyez ? Si vous rencontrez à nouveau votre ami, relatez-lui donc notre petite discussion. Bien, poursuivit Collins en regardant sa montre, il est temps pour nous de retourner aux affaires de ce bas monde. Merci de votre accueil, Koo.

Il se leva, imité par Chen.

— Vous êtes quelqu'un de bon conseil, inspecteur, déclara le Chinois de sa voix sifflante en se levant à son tour.

Collins s'approcha de lui avec un sourire un peu forcé.

— Au fait, il y a un paquebot de la N.Y.K. qui part demain soir pour Shanghai. Le *Yasukuni Maru*. Je serai sur le quai avec la photo d'une certaine dame trouvée dans un portefeuille détrempé. Ainsi qu'avec une enveloppe. J'espère pouvoir la saluer lorsqu'elle montera à bord.

Une fois dans la Ford garée devant le Fullerton, Chen poussa un soupir.

— Je sens que tu as quelque chose sur le cœur, fils, dit Collins en actionnant le démarreur.

Chen poussa un autre soupir.

— Je n'ai rien sur le cœur. Je ne comprends pas très bien, c'est tout... Je croyais qu'on nous payait pour coffrer les criminels, pas pour faire échapper les prostituées à la justice et se commettre avec des crapules comme Koo !

Collins regarda dans le rétroviseur et passa la marche arrière.

La boîte de vitesse émit un petit bruit de protestation lorsqu'il entreprit de sortir du parking le long du quai.

— Sans vouloir t'offenser, fils, tu réagis comme un bleu tout juste débarqué de l'école de la police, la tête bourrée de grands principes. Rechercher Hélène Gautier, c'était la condamner à mort d'une façon ou d'une autre. Même traqué par la

Criminelle, et à condition qu'on nous laisse faire jusqu'au bout, Koo l'aurait éliminée sans le moindre regret pour ne pas perdre la face. N'oublie pas, que pour lui, une fille n'est qu'un tiroir-caisse qui marche à coups de queue.

Choqué, Chen se raidit légèrement, ce qui amusa Collins. La Ford s'engagea dans là circulation pour stopper bientôt à un carrefour où un agent indigène régulait le trafic avec ses « ailes » en osier.

– Mais imaginons un instant que nous puissions arrêter par miracle cette fille avant que Koo lui fasse la peau. Que se passerait-il, hein ?

– Elle ferait de la prison pour payer son crime, ronchonna Chen. À vous entendre, on croirait que ce n'est pas normal...

– Et après, on la remettrait dans le premier bateau pour la France.

– Oui, et alors ?

– La suite est pourtant simple à imaginer : elle reprendra tout de suite son ancien métier. Mais les juges de Singapour ne sont pas tendres pour les putains et après des années de prison, fini le tapin de luxe. Crois-moi, Hélène Gautier ne tardera pas à sombrer définitivement. Moralité, pour un meurtre qui nous rend plutôt service en éliminant un salopard de rabatteur et au nom d'une loi et d'un ordre qui se gardent bien d'interdire la prostitution, toi et moi, nous aurons contribué à détruire une vie de plus. Beau résultat, non ?

L'agent de la circulation fit un quart de tour sur lui-même et Collins put reprendre sa route vers Robinson Road.

– Cette fille poursuit un rêve et tant qu'il existera des juges et des politiciens bien-pensants qui iront se faire tailler des pipes le samedi soir dans des maisons de luxe, ce rêve en vaudra bien d'autres ! Alors, qu'elle aille mener la grande vie à Shanghai et je lui souhaite bon vent !

« Et je remercie le ciel qu'il existe des putains pour s'occuper aussi des abrutis comme moi, ajouta-t-il mentalement en revoyant l'espace d'un éclair le corps doré de Lien-houa, venue elle aussi de bien loin pour vendre ses charmes et espérer en une vie un peu meilleure. Mais être une bête de somme sur un *k'ang* valait-il mieux que l'être dans une rizière du fin fond de la Chine ?

Derrière la crudité du langage, Chen sentit le trouble qui s'était emparé de l'inspecteur et ébaucha une esquisse de sourire.

– Vous vous énervez, chef.

Collins lui jeta un regard et retrouva un peu de son calme.

– Non, je crois plutôt que je suis train d'essayer de m'absoudre d'un de mes vices en commettant ce que j'espère être une bonne action. Bon, dès qu'on sera au bureau, fils, tu feras le rapport et la liste de ce qu'on a retrouvé sur le Russe. Il est temps de revenir à la paperasserie avant que McCraddle ne débarque avec ses brillantes conclusions.

– Mais sans mentionner les dollars américains, c'est ça ? laissa tomber Chen.

– Tu trouveras bien une enveloppe pour les emballer avant de me les apporter.

IV

Le long quai de Tanjong Pagar était relativement désert en raison de l'heure avancée. La plupart des navires étaient recouverts d'une chape de silence ne laissant filtrer que les bruits de la vie réduite des équipages de garde.

Collins s'était garé non loin de l'Empire Dock. Il avait repéré la voiture qui les avait suivis depuis leur départ de Robinson Road et savait que Koo serait au rendez-vous. C'est donc à pied qu'il s'engagea avec Chen sur le quai bordé par la ligne des entrepôts fermés et gardés. Ils passèrent sous une des grues de chargement pointées en direction du ciel étoilé vers l'unique rassemblement qui marquait la position du *Yasukuni Maru* dans la ligne de navires.

Ils rejoignirent les passagers et ceux qui étaient venus les accompagner au pied de la passerelle d'embarquement. Des marins japonais observaient l'agitation des derniers adieux d'un regard impassible. Les deux policiers firent le tour de la petite foule, essayant de découvrir à la lumière des projecteurs une femme dont le comportement et le physique pourraient correspondre à quelqu'un comme Hélène Gautier. Soudain, Chen posa la main sur le bras Collins.

– Là, chef, dit-il en montrant un couple qui approchait après avoir surgi d'entre deux entrepôts. Je vous parie que ce sont eux.

La femme était grande et ses vêtements blancs épousaient parfaitement les courbes de son corps élancé. Son petit chapeau sombre laissait dépasser des cheveux blonds ramenés en chignon. L'éclairage cru des projecteurs lui donnait un air pâle, vaguement hagard, et gommait le relief de ses traits fins et de ses pommettes hautes. L'homme, un Blanc, portait une valise de taille normale et tenait la femme par le bras. On aurait dit un couple ordinaire mais les fréquents regards qu'elle lançait autour d'elle étaient un signe qui ne trompa pas Collins.

Celui-ci tira une photographie de sa poche de poitrine et la montra ostensiblement tout en jetant de fréquents coups d'œil en direction de la femme L'homme, qui raccompagnait repéra vite Collins et lut sourit, tout en hochant la tête par deux fois.

Lorsque le couple passa non loin d'eux pour rejoindre le pied de la passerelle et embarquer, la femme détourna quelques secondes son visage vers Collins et esquissa à son tour un bref sourire. Des lèvres pleines, un, petit nez, volontaire, de grands yeux clairs. Elle avait de la classe et elle était vraiment très belle. Tous les atouts pour réussir dans le royaume du vice qu'était Shanghai. L'inspecteur eut l'impression de lire en elle une sorte de remerciement, comme-si elle avait deviné qu'elle lui devait son salut, Collins eut alors la certitude que c'était bien Hélène Gautier et rempocha la photo qui représentait sa mère. Il attendit que le couple soit à bord puis fit signe à Chen.

– Allons-y. Inutile d'attendre plus longtemps. Koo a compris où était son intérêt.

Collins repéra immédiatement la limousine garée entre deux réverbères. La voiture qui les avait suivis avait disparu mais il était prêt à jurer qu'elle devait être tapie à proximité du dock, prête à intervenir au moindre problème.

– Évite les gestes suspects ou brusques, fils, jeta Collins en se dirigeant vers la longue Packard Super Eight noire aux lignes rehaussées par des filets or. Ceux qui nous surveillent dans l'ombre doivent avoir la gâchette facile...

L'inspecteur ne tarda pas à découvrir là silhouette de Koo, assis à l'arrière de la voiture. Le Chinois portait toujours le même chapeau en feutre et la mauvaise lumière accentuait encore la ressemblance de son visage avec un masque de cuir. La vitre était déjà baissée lorsque Collins posa sa chaussure gauche sur le marchepied reliant les deux ailes.

– Quelle coïncidence, inspecteur, dit Koo. J'avais justement l'intention de vous faire savoir à quel point mon ami avait trouvé vos conseils judicieux.

Collins hocha la tête puis passa la main à l'intérieur de son veston. Du coin de l'œil il vit le garde du corps assis près du chauffeur sortir à moitié son revolver.

– Koo, dites à votre domestique de ranger son artillerie. Si j'avais voulu vous piéger, ce serait déjà fait.

Koo se pencha en avant, cracha une phrase en chinois et le garde rengaina son arme.

Entre-temps, Collins avait sorti une enveloppe. Il la lui tendit.

– Pendant que vous y êtes, vous donnerez aussi ça à votre ami.

Le Chinois prit l'enveloppe, l'ouvrit, scruta un bref instant les billets, encore gondolés par l'humidité. Ceci fait, il la rendit à Collins.

– Mon ami m'a dit qu'un si bon conseil méritait un modeste cadeau de remerciement.

Collins hésita une fraction de seconde. Il ne répondit rien et empoigna l'enveloppe avec une certaine brusquerie.

– Au revoir, Koo, lâcha-t-il avant de se retourner et de se diriger vers son adjoint.

Le Chinois le regarda s'éloigner avec un petit sourire de satisfaction.

– Tiens-moi cette foutue enveloppe, fils, dit Collins quand il eut rejoint Chen. Comme ça, à la verticale.

Chen obéit et fronça les sourcils en voyant l'inspecteur sortir une boîte d'allumettes. Une flamme jaillit pour s'attaquer à un des coins inférieurs de l'enveloppe.

– Mais...

– Tourne-toi, qu'il voie bien ce que nous sommes en train de faire.

Le sourire de Koo s'effaça mais sans laisser place à la colère. Le Chinois remonta sa vitre et Collins le vit faire un geste vers le chauffeur. Une seconde plus tard les phares ronds de la limousine s'allumèrent et le moteur se mit à ronronner. La Packard s'éloigna alors du trottoir avant de passer devant eux pour filer vers Anson Road et le centre-ville.

Les flammes obligèrent bientôt Chen à lâcher ce qui restait de l'enveloppe. Collins écrasa les derniers bouts de papier enflammés et donna une claque dans le dos à Chen.

– Fils, j'ai comme l'impression que Koo croyait que nous allions maintenant élever les cochons ensemble...

Chen hocha la tête avec une expression amusée.

– Il semble en effet que l'âme torturée d'un policier anglais puisse se révéler impénétrable à la subtilité asiatique.

– Tu sais aussi bien que moi que la seule chose qui puisse stopper la subtilité de Koo et de ses confrères, c'est un gilet pare-balles, grommela Collins. Alors, arrête de dire des insanités et allons boire un verre chez Mama Wang. On lui doit bien ça, non ?

MORT D'UN TRAITEUR CHINOIS

I

Song Li-wan, le propriétaire des Délices de Canton, avait bâti sa déjà longue existence autour d'un point d'appui personnel et désincarné qu'il lui plaisait de désigner sous le surnom de Philosophe Invisible. Comparé à des gloires inflexibles et venues du fond des âges comme l'inamovible Confucius, le Philosophe Invisible avait l'avantage de se révéler extrêmement adaptable dans ses préceptes. Ceux-ci savaient se couler dans la réalité du moment, réconforter quand il le fallait mais aussi participer aux modestes joies de l'existence lorsqu'elles se manifestaient.

Song se souvenait par exemple du petit rire satisfait qu'il avait cru entendre raisonner dans sa tête, lorsqu'il avait conclu pour le bon prix de cent dollars la vente de son unique fille avant que la guerre civile ne l'oblige à quitter la Chine pour Singapour. C'était en l'an 1924 du calendrier des Blancs. Il s'était débarrassé d'une bouche inutile devenue assez âgée pour être une honnête *mui-tsai* et avait pu ainsi payer le voyage de ses deux fils. C'était le genre de subtilités que l'enseignement de Confucius avait un peu de mal à intégrer, même s'il considérait implicitement les femmes comme quantité négligeable...

À la longue, Song avait inconsciemment métamorphosé le Philosophe Invisible en une sorte d'esprit protecteur assez puissant pour lui faire terminer sa vie en paix sur le *k'ang* le plus confortable de tous les quartiers chinois, et à un âge qui ferait l'admiration générale. Sauf de son second fils qui avait été tué dans un accident de voiture. Mais l'aîné donnait toute satisfaction depuis qu'il avait ouvert son affaire de commerce avec le Siam à Kuala Lumpur, KL comme disaient les Blancs, même si Song devait encore l'aider à faire la soudure de temps à autre.

Les balles qui lui défoncèrent le crâne ce jour-là montrèrent cependant les limites de l'efficacité du Philosophe Invisible...

Le temps était lourd, annonciateur de la tempête tropicale prévue sur l'île dans la soirée. Le ciel s'était paré d'une teinte de plomb, et dans le dédale animé des rues de Chinatown, si différent de l'agencement aéré des artères des quartiers blancs, l'air était devenu un peu plus épais qu'à l'habitude. Les pousses qui circulaient semblaient se déplacer au ralenti.

À l'odeur des beignets et de la viande épicée qui cuisait sur des braseros installés à même le bord de la chaussée, s'ajoutaient celles de la sueur, des corps mal lavés et de l'urine qui croupissait dans les profonds caniveaux cimentés marquant la frontière entre la chaussée et le *five-foot-way*[9]. Les inscriptions multicolores en chinois foisonnaient pour vanter les mérites des commerces. Des trois

---

[9] *Étroits trottoirs courant sous les arcades bordant les rues des quartiers indigènes.*

étages que possédait chaque maison collée à ses voisines, surgissaient des étendages débordants pointés vers l'autre côté de la rue. Autant de bannières dépareillées, figées dans un combat perdu d'avance contre l'humidité.

Dans Cross Street, tout près de la jonction avec Amoy Street, Fang, le marchand d'oiseaux, surveillait avec inquiétude les onze petits pensionnaires multicolores de ses deux cages d'osier. Les oiseaux, des bulbuls, des paddas et un rossignol du Japon, semblaient englués dans l'air, s'accrochant tant bien que mal à leurs perchoirs. Mauvais pour les ventes, ça...

Finalement, Fang décida de changer d'emplacement et d'aller se poster à côté de la devanture des Délices de Canton, une des nombreuses petites échoppes qui se serraient les unes contre les autres, en retrait sous d'étroites arcades, au rez-de-chaussée des *shophouses*[10] à trois étages. Un passage à peu près rectiligne qui traversait tout le pâté de maisons comme un tunnel y apportait un faible filet d'air moins vicié qui ferait un peu de bien aux oiseaux. Le tout était que les cages n'empiètent pas trop sur l'étroite vitrine de la boutique protégée des indélicats par un grillage à larges mailles. Un véritable tour de force puisqu'il n'y avait pas plus d'un mètre de mur lépreux jusqu'au trou à rat sans air qui abritait l'atelier de réparation de vêtements voisin. Song n'était pas un mauvais homme et, comme d'habitude, il ne dirait rien.

---

10 *Maisons typiques à deux ou trois étages, avec généralement un petit commerce au rez-de-chaussée et des pièces d'habitation à l'étage.*

Tout en installant le support en bambou qui permettrait aux cages de se balancer stratégiquement à hauteur des yeux des passants, Fang sentit avec envie les effluves appétissants qui émanaient de la demi-douzaine de plats cuisinés rangés le long de la moitié droite du magasin, face à l'amoncellement d'épices, de remèdes maison et de porte-bonheur accrochés au mur d'en face. La plupart des habitants du quartier ne pouvant s'offrir guère mieux qu'un bol de riz comme repas quotidien, Song avait compris qu'il fallait varier les manières d'attirer le client pour survivre.

Fang se pencha et vit que le vieux était en train de discuter avec un homme bien plus jeune que lui devant la table en bois qui lui servait de comptoir. Il n'y avait personne d'autre dans la boutique. Tout à coup, quelqu'un s'arrêta pour lui demander le prix du rossignol du Japon et Fang oublia sur-le-champ les parfums qui commençaient à lui agiter l'estomac. Particulièrement celui du canard à la sauce *Sha Cha* dont la réputation avait dépassé les limites du quartier. Song se flattait même de vendre de temps à autre des portions de ses canards à des Blancs travaillant sur Raffles Place et qui envoyaient un coursier les chercher à l'heure du déjeuner. Les mauvaises langues, surtout quand elles parlaient le Hokkien et le Foo-chow, disaient, elles, que c'étaient les coursiers qui se régalaient avec le canard quand ils avaient détourné assez de cents pour s'offrir un petit extra.

Le tueur aperçut l'enseigne des Délices de Canton dans l'ombre des arcades au moment précis où Fang entamait sa campagne de séduction auprès du vieil homme racorni qui regardait les oiseaux en hochant la tête comme une poule. Avec sa blouse bleue tombant sur un pantalon de la même couleur et ses sandales fatiguées, le Browning dissimulé sous la toile de mauvaise qualité de son vêtement, le tueur passait inaperçu parmi le peuple de la rue.

Après avoir jeté un coup d'œil en direction de la ligne irrégulière des toits pentus accrochés bien au-dessus de lui, l'homme traversa la rue en évitant deux *amah*[11] en train de discuter au beau milieu de la chaussée. Il passa tout près de Fang, au point de presque le frôler, puis alla se planter devant l'étroite vitrine grillagée. Le vieux l'observa quelques secondes avant de reprendre son marchandage caquetant.

À voir le regard du tueur, on aurait pu croire qu'il choisissait avec une délectation anticipée l'un des mets proposés à la clientèle. En réalité, il ne faisait que s'assurer qu'il n'y avait personne d'autre que Song et son compagnon dans le magasin et que la porte du fond était bien ouverte.

Le vieil homme interrompit sa conversation en entendant le tueur entrer. Une clochette de bronze tinta. Song et Chu Pei, celui avec qui il était en train de discuter affaires, sourirent brièvement au nouveau venu avant de reprendre leur conversation. L'autre leur répondit par un bref hochement de tête puis parut reporter son attention vers les plats préparés disposés sur une table à peu près propre, sans se préoccuper outre mesure de l'agitation que son arrivée avait provoquée chez les nombreuses mouches dont il aurait été vain d'espérer se débarrasser par une chaleur pareille.

---

11 *Employée de maison asiatiques dont une des tâches principales est de s'occuper des enfants.*

Tout en pariant, Song suivait du coin de l'œil l'avancée de l'homme le long de la rangée de plats, essayant de deviner celui sur lequel il allait porter son choix mais surveillant aussi pour voir s'il n'essaierait pas de tremper ses doigts dans l'une ou l'autre des sauces parfumées pour la goûter à la sauvette. Ce qui était tolérable, par la force des choses, chez les mouches ne l'était pas chez quelqu'un qui venait peut-être tout juste de sortir de latrines sans s'être lavé les mains...

Soudain, Song vit l'homme relever la tête et le fixer droit dans les yeux. Song s'aperçut alors qu'il avait une bizarre petite cicatrice en étoile sur la pommette gauche. Il lut instinctivement la menace dans le regard de l'autre mais n'eut que le temps de poser la main sur l'avant-bras de Chu Pei. Le Browning jaillit de la ceinture et expédia une balle en plein milieu du front du jeune homme. Le coup de feu fit sursauter Song, qui vit Chu Pei repoussé violemment en arrière, comme par une main invisible.

Le tueur bondit vers Song avec le visage figé de celui qui est habitué à servir la mort. La main gauche de l'homme saisit le col de la blouse décorée de Song avec une telle force que celui-ci en eut la respiration coupée. Le tueur se pencha alors vers lui et lui murmura quelque chose à l'oreille.

Song poussa une espèce de couinement horrifié. Le visage du tueur s'écarta, toujours aussi impassible. Il y eut une explosion suivie d'une douleur atroce lorsque la balle fracassa la mâchoire du vieil homme, pulvérisa la langue et sectionna la moelle épinière avant de ressortir pour se perdre dans le mur. Il y eut un autre coup de feu presque à bout touchant contre son front ridé, et l'univers s'éteignit instantanément autour de Song.

Le tueur relâcha immédiatement sa prise, libérant le corps sans vie qui glissa à terre. Il remit son Browning à la ceinture, puis enjamba les deux cadavres pour fouiller rapidement le comptoir en jetant à terre le boulier que Song avait hérité de son père. Pendant que les billes d'ivoire s'éparpillaient sur le sol inégal, le tueur entreprit de vider à toute vitesse le coffret d'acajou qui servait de caisse au magasin, sans prendre la peine de compter les billets, pour la plupart sales et chiffonnés.

Dans la rue, Fang avait sursauté si fort au premier coup de feu qu'il avait failli renverser une de ses cages. Le bruit avait figé l'agitation. Un des pousses de passage s'arrêta net, comme si son maigre tireur avait rencontré un obstacle invisible, manquant tout juste de renverser son chargement de fruits frais. Puis les deux coups de feu suivants secouèrent la gangue de chaleur et de surprise. Une partie des marchands ambulants et des passants, y compris le vieux qui s'intéressait aux oiseaux, se ruèrent vers Les Délices de Canton. Fang hésita un instant mais, aiguillonné par sa curiosité naturelle, préféra courir le risque d'abandonner momentanément ses oiseaux pour aller voir ce qui se passait, et fut le premier à pousser la porte du magasin. Juste à temps pour voir un homme en blouse bleue filer par la porte du fond.

Fang eut le réflexe de se précipiter à sa poursuite mais, le premier pas fait, il se souvint que l'autre était armé : inutile de prendre le risque de finir comme les deux morts dont le sang commençait déjà à imbiber la terre battue. Derrière

Fang, qui obstruait l'entrée, les badauds commencèrent à s'impatienter.

— N'aie pas peur! Tu peux entrer, il a filé ! jeta une femme entre deux âges collée contre son dos et dont il pouvait sentir la mauvaise haleine. L'arrière-cour donne sur un passage !

Fang se retourna, reconnut la mégère qui vivait dans le trou à rat d'à côté, repoussa la femme et cria à tout le monde de ne pas entrer. Il y eut une vague de protestations mais le marchand d'oiseaux obtint finalement gain de cause.

— Puisque tu as la langue aussi bien pendue, dit-il à la femme qui l'avait apostrophé, fais en sorte que personne n'entre maintenant.

Sur ce, il s'avança entre l'alignement des plats et le fatras que Song vendait pour joindre les deux bouts. Quelques mouches commençaient déjà à s'intéresser au sang des victimes. Elles s'écartèrent avec un bourdonnement agacé lorsque Fang s'accroupit près des corps. Aucun doute possible, on ne pouvait plus rien pour Song et son jeune ami. Le vieil homme portait une chaîne autour du cou avec une clé baignant dans le sang qui ruisselait du visage fracassé. Fang s'en empara tout en assurant mentalement à l'âme du mort que ses intentions étaient honnêtes. Avec un peu de chance, cette clé devait être celle du magasin.

Fang se releva, enjamba le cadavre de Chu Pei et alla refermer soigneusement la porte du fond. Les mouches en profitèrent pour revenir se poser sur le trou sanglant qui s'ouvrait juste au-dessus du nez de Song. Ensuite, Fang avisa le coffret d'acajou vidé en partie de son contenu. L'assassin n'avait laissé que les pièces.

— Qu'est-ce qu'on va faire maintenant ? grommela un colporteur, grand type décharné dont le regard avait du mal à ne pas se tourner vers les plats.

Fang savait très bien ce que l'homme et la plupart des autres avaient en tête, partant du principe que le vieux Song n'avait plus besoin de rien et qu'il valait mieux penser aux vivants qu'aux morts. Le marchand d'oiseaux inspira profondément.

— Je vais fermer la porte à clé. Personne ne doit entrer ici tant qu'on n'aura pas pris soin du vieux et de son ami. Je suis sûr que quelqu'un est déjà en train de chercher un *mata-mata*[12].

Un grognement indistinct et des jurons lui répondirent. Mais Fang, faisant preuve d'une détermination inhabituelle, entreprit de repousser tout le monde, juste assez pour pouvoir fermer la porte et tourner la clé dans la serrure rouillée.

— Hé, où tu vas comme ça ? s'exclama la femme qui semblait décidément vouloir l'importuner alors qu'il se frayait un passage parmi les corps suants agglutinés devant le magasin

Fang attendit d'avoir émergé de la foule, et de s'être assuré que ses cages étaient toujours là, pour répondre.

— Je vais chercher un parent du vieux que je connais. Il décidera ce qu'il faut faire...

Sur ce, il profita du léger flottement de surprise provoqué par son mensonge pour s'emparer de ses deux cages et commencer à s'éloigner. Il savait que s'il leur avait dit son intention d'aller avertir un *tuan*-inspecteur blanc, ils auraient été capables de

---

12 *Surnom des policiers malais.*

se jeter sur lui pour l'en empêcher. Personne n'avait envie de voir débarquer trop vite les inspecteurs blancs alors qu'il y aurait bien un moyen de retarder l'intervention d'un *mata-mata*.

Mais Fang, qui n'aimait pas plus la police que les autres, dit que ces deux assassinats odieux ne pouvaient pas rester impunis, que ça plaise ou non à toute cette bande de vautours qui ne rêvaient que de fondre sur le contenu de la boutique. Pour l'avoir laissé se poster devant chez lui sans lui demander un pourcentage sur ses ventes, le vieux Song méritait au moins cette dernière attention...

Un instant plus tard, il quitta Cross Street pour prendre la ruelle infecte qui menait au cœur du pâté de maisons rectangulaire, vers la pièce qui lui servait alors de domicile. Dès que le lieu du crime se retrouva hors de vue, il se mit à courir, priant pour qu'il n'arrive pas trop tard, que le *tuan*-inspecteur ne soit pas déjà parti. Après s'être débarrassé de ses cages chez lui, il reprit sa longue course en direction de la rivière en empruntant South Bridge Street. Au moment de passer la frontière entre le quartier chinois et la ville des Blancs, il avisa un de ses compatriotes vêtu à l'européenne en train d'allumer une cigarette, et se précipita pour lui demander l'heure. L'autre le considéra avec toute la hauteur nécessaire pour lui faire comprendre qu'ils n'appartenaient plus au même monde mais daigna cependant tirer une montre à gousset de son veston pour lui annoncer qu'il était presque cinq heures de l'après-midi.

Fang le remercia en se disant que les Chinois qui singeaient les Blancs avaient au moins l'utilité de servir d'horloge parlante, et reprit sa course vers le pont, le regard vissé sur la tour du Victoria Hall qui pointait à sa droite, de l'autre côté du cloaque encombré de sampans qu'était la rivière Singapour.

<h1 style="text-align:center">II</h1>

— Votre gin-tonic, inspecteur, dit le serveur chinois en déposant le verre sur la petite table à côté de Collins qui jouait avec l'extrémité de sa moustache rousse en observant le mouvement du ventilateur au plafond.

Le policier le remercia d'un hochement de tête et attendit que le serveur soit reparti pour déplier sur ses genoux l'édition du jour du *Straits Times*. C'était un rituel quotidien, tant que les besoins du service ne se mettaient pas en travers du chemin.

Le Cricket Club était un lieu en vue de la vie sociale de Singapour, et si Collins, avec son costume marqué par la sueur dune journée entière, faisait un peu tache parmi la jeunesse sportive qui fréquentait l'établissement, cela ne le gênait absolument pas. D'ailleurs, aucun des adeptes du tennis qui arrivaient pour se rafraîchir en fin de journée ne faisait attention à lui.

Collins était plongé dans un article relatant le dernier coup fourré en date des Japonais en Mandchourie, prélude inévitable à de nouvelles tensions entre les Chinois de Singapour et la communauté nipponne, quand le serveur réapparut à ses côtés.

— Il y a quelqu'un qui vous demande à l'entrée du club, inspecteur.

Collins replia son journal et montra le fauteuil inoccupé près du sien.

— Eh bien, qu'il vienne...

Le serveur prit un air pincé.

— C'est un Chinois, inspecteur. Il ne peut pas entrer... Il prétend qu'il est marchand d'oiseaux et a quelque chose de très urgent à vous dire.

Fang, songea immédiatement Collins. Pour qu'il se soit risqué à affronter la réception du Cricket Club, il devait effectivement y avoir urgence...

L'inspecteur termina son gin et se leva en laissant le *Straits Times* bien en évidence sur le fauteuil.

— Garde-moi la place au chaud, dit-il au serveur. Je n'en ai que pour un instant.

Un poids immense parut quitter les épaules osseuses de Fang quand il aperçut la haute silhouette de Collins. Il se précipita vers lui, sans se soucier de la mine exaspérée du réceptionniste, un Tamoul aux sourcils qui se rejoignaient, assez costaud pour faire face à toutes les situations.

— *Tuan* ! Il faut que tu viennes !

Collins l'empoigna par le bras, et serra jusqu'à ce que Fang fasse la grimace et se taise.

— Bon sang, jeta l'inspecteur en cantonais, tu crois que c'est intelligent de venir me relancer ici ? Tu n'as pas plus de cervelle que tes volatiles !

Fang tenta en vain de se dégager.

— Il faut que tu viennes tout de suite, *tuan*, gémit-il en reprenant sa langue maternelle. Il y a deux hommes qui se sont fait assassiner dans Cross Street. On leur a tiré dessus avec un pistolet...

Collins fronça les sourcils, craignant le pire.

— Des Blancs ?

— Non, rassure-toi, répondit sans arrière-pensée le vendeur d'oiseaux. Un vieux commerçant chinois et un homme plus jeune, qui discutait avec lui... Tout ça pour voler une poignée de billets. C'est horrible !

— Cela l'aurait été plus, et pour d'autres raisons, si serait-ce qu'une des deux victimes avait été blanche.

Fang le savait aussi.

— On va envoyer un inspecteur chinois avec quelques *mata-mata* et avertir le coroner, dit Collins. Je vais appeler poste le plus proche d'ici. Les victimes étaient des amis à toi ?

Le marchand d'oiseaux haussa les épaules.

– Le vieux Song me laissait m'installer devant sa boutique quand il faisait trop chaud, mais je ne connaissais pas l'autre. *Tuan*, je t'en prie, viens toi. Vite! Ils vont tout piller...

En d'autres circonstances, Collins n'aurait pas cédé et a laissé le bébé à l'inspecteur de service. Mais quelque chose toucha dans la mine abattue de Fang.

— Très bien, j'arrive... Attends-moi ici, j'ai deux ou trois choses à régler avant de partir.

Collins retourna au salon, ramassa son journal et alla signer sa note au bar. Ceci fait, il demanda un téléphone et appela au QG de la police criminelle John Chen, son adjoint, qui venait de rentrer d'une vérification d'identité à l'Empire Dock.

— Fils, on a apparemment un double meurtre sur les bras dans une boutique de Cross Street, annonça-t-il. Non, pas de Blancs dans le coup. Je passe te prendre à Robinson Road dans dix minutes.

Quelques instants plus tard, Collins fit monter Fang à l'arrière de sa Ford en lui demandant de se faire petit s'il ne voulait pas que toute la ville soit au courant de ses liens épisodiques avec la police.

Alors que la voiture longeait le Victoria Hall après avoir réussi à dépasser un trolley de la ST[13] pour franchir le pont Anderson avant lui dans le flot de circulation des heures de pointe, Fang se pencha vers les cheveux roux de Collins, grimaçant à l'odeur qui s'en dégageait. La puanteur des diables étrangers, comme disait son grand-père qui avait fait le coup de feu à Pékin avec les Boxers contre les légations en 1900...

— Merci, *tuan*.

Collins secoua la tête.

— Tes copains ne vont pas apprécier ton zèle. Il y aura juste l'inspecteur Chen et moi, d'accord? Après on appellera le coroner. On n'en a pas pour longtemps... Et en attendant, tu vas me raconter ce qui s'est passé.

— On va s'arrêter ici, dit Collins en se garant, après avoir repéré un agent de la circulation indigène faisant mine de surveiller les alentours d'un air absent en mastiquant du bétel, pendant que son collègue réglait la circulation à l'intersection entre Amoy Street et Japan Street. Nous allons trouver une occupation à ce monsieur...

Une fois l'agent planté comme un piquet à côté de la voiture pour la garder, les deux policiers suivirent Fang dans les rues qui découpaient ici avec une relative régularité le quartier chinois connu depuis toujours pour ses nombreux bordels, surtout ceux de Sago Street et de Smith Street, un peu plus à l'est, à quatre rues de là. Après un séjour à Shanghai puis tant d'années passées à Singapour,

---

13 *The Singapore Traction Co., Ltd, compagnie municipale de transport.*

Collins s'y sentait parfaitement à l'aise. Plus sans doute que Chen, qui avait quand même cinquante pour cent de sang chinois dans les veines... À un moment donné, le vendeur d'oiseaux montra une rue sur la gauche. Cross Street.

— Ne perdons pas de temps, dit Collins en dégrafant son veston, imité par Chen.

Fang entrevit la crosse du révolver émergeant de l'étui de poitrine mais ne dit rien. Il n'eut besoin que d'une minute pour conduire les deux policiers jusqu'aux Délices de Canton, en évitant d'accorder trop d'attention aux regards à la fois inquiets et hostiles de tous ceux qui n'appréciaient guère l'intrusion des inspecteurs. Il avait déjà sorti la clé de la boutique quand il se rendit compte que celle-ci ne lui serait d'aucune utilité.

L'attroupement qu'il avait laissé en partant avait disparu et la porte était désormais grande ouverte. La vie avait repris un cours presque normal. Trois gamins en haillons s'enfuirent en les voyant arriver. Au passage, ils bousculèrent le vieux qui n'avait pas réussi à acheter son oiseau et était le seul à être resté là sans profiter du pillage. Seulement parce qu'il avait, de toute évidence, dépassé l'âge de ce genre d'occupation. Au même instant, comme si son entrée en scène avait été minutée, un agent malais apparut devant la boutique.

— Ah, je savais bien que tu reviendrais ! croassa le vieux en cantonais sans se préoccuper, apparemment, de la présence du *tuan* et de l'inspecteur métis qui l'accompagnait. J'ai eu raison de t'attendre !

— Les charognards... dit Fang en crachant un jet de salive méprisant devant lui. Je suis désolé, *tuan*... Mais il fallait j'aille rapporter mes cages et...

Collins lui donna une petite tape sur l'épaule.

— Comme on dit, c'est l'intention qui compte. Et toi tu arrives un peu après la bataille, hein ? poursuivit-il à l'adresse de l'agent malais qui venait de jeter un coup d'œil dans la boutique.

Celui-ci se raidit et tira nerveusement sur la boucle ronde de son ceinturon.

— Un tireur de pousse m'a averti, inspecteur. J'étais dans China Street et...

— Allons voir à l'intérieur, coupa Collins qui n'avait pas envie d'entendre les explications embrouillées du *mata-mata* ayant à, coup sûr, préféré attendre le départ des pillards pour arriver. Je rentre le premier. Fils, tu surveilles les arrières, ajouta-t-il à l'adresse de Chen. Et toi, tu empêches le vieux de nous coller aux basques, ajouta-t-il pour l'agent.

Le *mata-mata* fronça les sourcils puis se retourna avec une main prête sur le manche de sa matraque, pour bien montrer à l'importun qu'il était inutile de jouer au plus malin avec lui.

La boutique avait été vidée du sol au plafond. Tout ce qui pouvait être emporté sur-le-champ avait disparu. Quelques plats gisaient, brisés, par terre, victimes de l'empoignade qui avait suivi de peu le départ de Fang. Un mélange de sauce et de poussière ne tarda pas à coller aux semelles de Collins qui se dit que le spectacle lui rappelait ces histoires de grosses fourmis noires africaines, les magnans, qui nettoyaient de fond en comble les villages sur leur passage, y compris de leur vermine. Derrière lui, Fang étouffa un juron.

Collins traversa le magasin pour aller ouvrir la porte du fond et laisser entrer un peu de lumière supplémentaire. La nuit tombait vite sous l'équateur et, bien entendu, les pillards n'avaient pas oublié de s'emparer des trois ampoules électriques qui éclairaient jusque-là la boutique. De l'autre côté de la porte, il découvrit une de ces petites cours intérieures typiques des habitations populaires chinoises, sur laquelle donnait pourtant une bonne vingtaine de logements. Des enfants jouaient sous les regards de quelques vieillards et de femmes occupées à diverses tâches ménagères. Plusieurs objets hétéroclites, dont une capote de pousse déchirée, étaient posés contre les rares portions de mur libres. Quand Collins apparut dans l'encadrement de la porte, tous se figèrent, sauf les poules et les deux cochons noirs qui vivaient aussi là. Il repéra vite l'issue par laquelle le tueur avait pu filer.

De retour à l'intérieur, l'inspecteur fit signe à Fang de ne pas avancer plus loin. De toute façon, le marchand d'oiseaux luttait déjà contre des crampes d'estomac. Dans le feu de l'action, il n'avait pas eu le temps d'être choqué mais maintenant, la vue des mouches se bousculant sur les plaies dégoulinantes de sang à moitié caillé lui levait le cœur.

— Les coups de feu, c'était comment, Fang?

— Un, puis deux très vite, *tuan*.

Collins hocha la tête en réfléchissant. La position des cadavres laissait présumer que le premier à avoir été touché était le jeune homme. Premier coup de feu. Ensuite, le tueur s'était occupé de Song, en y mettant un soin particulier comme l'indiquaient les traces de brûlures sur la peau entourant les orifices d'entrée des balles dans la mâchoire et sur le front. Deuxième et troisième coups de feu rapprochés.

Chen alla jeter un coup d'œil à la boîte fracturée par l'assassin. Il n'y avait plus rien dedans.

— *Tuan*, quand je suis venu, il y avait plein de pièces dans la boîte et par terre, il n'avait pris que les billets.

Collins se releva pour se mettre à chercher les balles. Il trouva rapidement l'impact de l'une d'elles dans le mur. Il n'eut besoin que de quelques secondes pour l'extraire avec la lame de son canif. La balle était déformée mais on voyait très bien qu'elle était de gros calibre.

— Du travail de professionnel, lança Collins à Chen. Tu devrais aller faire un tour dans la cour, histoire de savoir si quelqu'un aurait vu quelque chose...

Une fois Chen parti, Collins reprit ses recherches, finit par trouver les deux autres balles et les mit dans sa poche. Vint alors la fouille des vêtements des deux morts. Collins essaya d'y procéder sans bouger les cadavres. Il ne trouva rien sur Song.

Mais une poche cousue à l'intérieur de la blouse de l'autre victime abritait une lettre pliée en quatre.

Collins l'ouvrit et découvrit qu'elle était à l'en-tête du Protectorat des Chinois, dont le bâtiment à la lourdeur impressionnante se trouvait à quelques rues de là. Elle informait en des termes froids et polis un Mr Chu Pei que sa requête pour faire verser à l'amiable une pension d'invalidité à sa mère avait été rejetée par la direction de la ST et qu'il lui faudrait donc emprunter les voies judiciaires pour se faire entendre. Apparemment, la mère de ce Chu Pei avait été amputée des deux jambes après avoir été heurtée par un omnibus roulant trop vite sur la route de la Base Navale. Si le mort était la même personne que le Chu Pei de la lettre, la ST pouvait désormais dormir tranquille.

Après avoir glissé la lettre dans sa veste, Collins retourna dans la rue pour affronter le vieux. Celui-ci lui tomba immédiatement dessus, en dépit de l'intervention de l'agent.

— Je l'ai vu ! s'exclama-t-il. J'ai vu ce maudit assassin. Je l'ai regardé dans les yeux. Je...

Sans se préoccuper des passants et des marchands ambulants qui suivaient la scène, Collins poussa le vieux contre le mur.

— Tu pourrais le reconnaître?

Le regard de l'homme passa plusieurs fois de Collins à Fang.

— S'il me donne l'oiseau qui me plaisait, celui avec les plumes bleues et jaunes, je te dirai tout, *tuan* policier. Je le jure sur les mânes de ma défunte épouse qui...

— Ça suffit ! Fang, va me chercher ce fichu oiseau et qu'on en finisse ! On réglera ça ensuite toi et moi. Vite ! lança-t-il en voyant l'autre hésiter.

Alors que le marchand d'oiseaux s'était éloigné en pestant, Chen réapparut. À la seule vue de sa mine, Collins comprit que la loi du silence avait fait son œuvre. Il prit son adjoint à part.

— Je parie que les seuls qui ont voulu s'approcher de toi étaient les cochons, hein? fit Collins en anglais pour que le vieux ne suive pas leur conversation.

—C'est à peu près ça. Personne n'était là, personne n'a rien vu, et comme les cochons ont du mal à s'exprimer, on se retrouve sans le moindre témoin.

— Le tueur était un professionnel, un *samseng*, ce qui signifie qu'une société secrète est peut-être dans le coup. Un détail qui a échappé aux cochons mais pas à ces gens. Il faut les comprendre.

Sur ces entrefaites, Fang réapparut, une petite cage en osier de la taille d'une lanterne à la main. À l'intérieur, le rossignol du Japon convoité par le vieux n'en menait pas large et cet oiseau apprécié justement pour ses trilles observait un silence prudent. Collins prit la cage et s'approcha de leur unique témoin.

— C'est celui-ci que tu voulais? Une grimace d'approbation découvrit deux rangées de chicots brunâtres.

— Très bien, reprit l'inspecteur en sortant son calepin. Maintenant, tu vas me dire ton nom.

— Yap. Yap Twee, *tuan*, précisa le vieux avant de tendre la main vers la cage.

— Du calme ! ordonna Collins. D'abord tu réponds à questions, et après on verra si ce que tu m'as dit vaut cet oiseau...

— Il est cher... maugréa Fang.

— Attention, tu ne vas pas t'y mettre aussi, hein ? Yap, c'est à toi de jouer. Nous t'écoutons...

Le vieux avait moins les yeux dans sa poche qu'on aurait pu le croire en voyant son air un peu ahuri et sa tête branlante. Il fit une description précise du tueur, avec une spontanéité qui indiquait soit une grande aisance dans la pratique du mensonge, soit l'expression d'une vérité qui l'avait frappé. Collins ne tarda pas à opter pour la seconde solution en se rendant compte que le vieux avait eu peur à la vue du tueur. Il réalisa également qu'une vie entière passée à survivre parmi la lie de la terre lui avait inculqué un sens aigu du danger. Yap Twee se fendit même d'indications pour aider

John Chen à esquisser un portrait-robot sur son propre calepin sous le regard approbateur du *mata-mata*.

— Et n'oublie pas la petite cicatrice en étoile sur sa joue, *tuan*, insista le vieux. J'ai gagné mon oiseau ?

Collins jeta un regard interrogateur à son adjoint. Chen hocha la tête, preuve que lui aussi croyait Yap Twee. Collins fit signe à Fang de s'exécuter.

Une fois en possession de son oiseau, le vieux parut ne plus avoir conscience du monde qui l'entourait. Seul le petit animal avait désormais de l'importance à ses yeux. Sans même dire merci ni au revoir, il s'éloigna vers Upper Cross Street en marmonnant des paroles indistinctes à sa nouvelle possession. C'est à ce moment-là que Collins comprit pourquoi Yap Twee n'avait pas eu peur de tout raconter : il n'avait plus toute sa tête...

— J'espère que nous n'avons pas signé son arrêt de mort, laissa tomber Chen.

Collins rangea son calepin dans la poche intérieure de sa veste largement tachée de sueur aux aisselles.

-- Dis-toi plutôt que nous lui avons redonné un peu le goût de vivre, fils. Combien pour l'oiseau ? ajouta-t-il à l'adresse de Fang.

— C'est que... Deux dollars... avança celui-ci.

Collins ne fit aucune remarque sur le prix qui correspondait à deux jours de labeur harassant pour un coolie bien payé. Il fouilla ses poches et n'y trouva guère plus que les deux dollars demandés. À Singapour, on n'avait presque jamais de liquide sur soi car tout se payait par notes signées réglables en bloc chez les commerçants les jours de paie.

— Fais-moi penser à prendre ça sur la caisse noire du bureau, dit Collins à Chen.

Fang empocha l'argent, visiblement soulagé que le prix n'ait pas donné lieu à discussion.

— Tu as encore besoin de moi, tuan ?

— Non. Ah si, encore une dernière chose : tu sais où habitait Song ?

Le marchand d'oiseaux montra les fenêtres aux volets baissés qui se trouvaient juste au-dessus des Délices de Canton, et précisa qu'on accédait au logement du mort par la cour intérieure. Il allait prendre congé des deux policiers quand Collins l'attrapa par le bras.

— Ce Yap Twee n'avait pas le moindre sou pour t'acheter ton oiseau, surtout à ce prix-là... Alors, dis-toi que si tu manges à ta faim ce soir, ce sera d'une certaine manière grâce à feu Mr. Song. Si j'ai encore besoin de toi, je te ferai signe. Et merci d'avoir fait ton devoir en venant me prévenir, l'ami.

Fang se racla la gorge, inclina la tête, puis fila sans un mot vers la ruelle la plus proche. Autour des deux policiers, tout était redevenu comme auparavant. Excepté, toujours, quelques regards en coin des habitués du quartier qui n'appréciaient guère la présence des intrus.

— Il va falloir s'occuper des corps, fit Chen. On ne peut pas les laisser plus longtemps ici. Je vais aller téléphoner pour qu'une ambulance de l'Hôpital Général vienne les prendre. J'espère qu'il y en aura une de disponible...

— D'accord. Et reviens immédiatement après. En attendant, je vais aller jeter un coup d'œil dans la maison de Song avant que d'autres aient la même idée que moi ou que sa famille ne débarque.

Les nouvelles vont vite dans la communauté... Toi, tu restes dans la boutique, termina-t-il en faisant signe à l'agent malais.

Fang lui avait donné la clé de la boutique mais Collins jugea inutile de refermer derrière lui. Tant qu'il serait dans les parages, aucun badaud ne se hasarderait à entrer, quelle que soit la curiosité qui le tenaillait, maintenant que le pillage des lieux était une affaire réglée. L'inspecteur retourna fouiller les vêtements de Song, prenant cette fois le risque de le déplacer. Il ne tarda pas à mettre la main sur une autre clé qui avait toutes les chances d'être celle du logement. Ceci fait, Il enjamba les deux cadavres et passa dans la cour intérieure. Sans accorder le moindre regard à ses occupants humains ou animaux, ni au fatras qui encombrait les lieux, il se dirigea vers l'escalier raide qui grimpait à l'étage supérieur, encadré par des étendages à linge aussi remplis que ceux de la rue en dépit de la tempête qui couvait de plus en plus dans les cieux crépusculaires.

Sous les pas de Collins, les étroites marches de bois émirent des craquements suspects. Le policier se retrouva devant une porte basse dont la peinture bleue n'était plus qu'un lointain souvenir. Il avisa le cadenas et découvrit que la clé était bien la bonne. Le battant de bois s'ouvrit sur une pièce sombre en grinçant. Une odeur douceâtre imprégnait l'atmosphère, mélange de cuisine, d'encens et d'humidité.

Soudain, Collins entendit un bruit bizarre, comme un râle étouffé provenant de la pièce sur la droite. Il tira son révolver de l'étui.

Une fois dans la pièce adjacente, l'inspecteur vit que Song préparait au moins une partie de ses plats directement chez lui. Un *wok* et une marmite haute étaient posés sur une vieille cuisinière à bois. À côté se trouvait un lavabo ébréché avec un robinet en cou de cygne. Plus loin, sur ce qui servait de table de travail, étaient rangés des boîtes et des pots en verre de formes différentes remplis d'épices et de condiments. Au-dessus de ceux-ci se déployait une batterie d'instruments de cuisine dépareillés ayant connu des jours meilleurs, accrochés au mur comme dans les maisons des Blancs. Il était évident que c'était juste le côté pratique et non une quelconque volonté d'imitation qui avait poussé feu Mr. Song à organiser ainsi sa cuisine.

Soudain, alors qu'il s'approchait du plan de travail, Collins entendit à nouveau le bruit bizarre. Il provenait d'une sorte de placard grillagé immergé dans la principale zone d'ombre de la pièce. Une bonne douzaine de mouches couraient sur le grillage. Quelque chose bougea en bas du placard lorsque le policier s'en approcha pour tirer la targette en évitant de respirer l'odeur qui lui sauta à la gorge. Dès que la porte s'ouvrit, une forme claire fit un bond et poussa cette fois un bêlement douloureux.

Collins eut un haut-le-cœur en voyant l'agneau attaché par le cou à un clou recourbé essayant de se relever désespérément pour échapper au trou sans air où Song l'avait enfermé en attendant de l'égorger pour sa cuisine. Ses yeux s'étant habitués à la pénombre, Collins vit que l'animal avait une fracture ouverte à chacune des pattes arrière, brisées presque à angle droit. Les mouches se précipitèrent sur les plaies recouvertes de sang séché.

— Foutu salopard... grogna le policier qui ne s'était jamais habitué à ce procédé pratiqué couramment par les Chinois sur les marchés.

La douleur maintenait les animaux en vie, prouvant ainsi aux clients que la viande était fraîche mais sans risquer de voir les animaux s'enfuir de l'étal.

Collins recula et alla chercher un couteau effilé dans la panoplie exposée au mur. Il inspira profondément et planta la lame dans le cou de l'agneau. Un flot de sang jaillit. L'animal se cabra dans un gargouillis avant de retomber sans vie, enfin délivré de son ignoble calvaire. Collins s'éloigna sans prendre la peine de refermer le placard. Il aurait donné cher pour avoir la bouteille de scotch toujours à portée de main sous le siège de sa voiture. L'espace d'une seconde, il se dit qu'il aurait même donné encore plus cher pour avoir tenu l'arme du tueur... Il refoula vite cette pensée stupide et partit ouvrir les volets.

La lumière tombante, en partie masquée par les hautes maisons d'en face, dévoila l'antre de Song très différent des abominables boxes sans aération ni lumière foisonnant dans les *shophouses*. Les deux pièces peu spacieuses étaient à peu près propres et le mobilier mêlait meubles en acajou, panneaux laqués et sièges en rotin. Collins ne critiqua pas : son appartement faisait preuve du même manque de goût. Honnis le sempiternel petit autel sur lequel des bâtons d'encens étaient censés maintenir la paix des mânes des ancêtres, la seule concession que Song avait réellement faite à la tradition chinoise était le *k'ang* en briques qui occupait un bon tiers de sa chambre. La raison pour laquelle les

Chinois affectionnaient ces inconfortables couches était un mystère pour les Blancs.

Collins fouilla rapidement les tiroirs de la seule commode de la maison se trouvant dans la pièce principale. Parmi les papiers personnels, il découvrit que Song avait un compte à l'agence de North Bridge Road de l'*Oversea-Chinese Banking Corp.*, ce qui était plutôt inhabituel pour un simple petit commerçant de quartier. En feuilletant les documents en question, il s'aperçut vite que Song, s'il dormait à la dure sur un *k'ang*, possédait en revanche un solide matelas de dollars à la banque.

Collins prit la serviette en peau de crocodile éraflée contenant les divers reçus de dépôt et les relevés de compte. Il allait falloir qu'il jette un coup d'œil là-dedans à tête reposée. Il était en train de refermer le tiroir lorsqu'un coup de klaxon dans la rue l'avertit du retour de Chen avec la Ford. Le coroner n'allait pas tarder à débarquer avec l'ambulance et la discrétion de façade n'était plus de mise.

Surmontant son dégoût, Collins retourna dans la cuisine prendre le corps encore chaud de l'agneau martyrisé. Les occupants amnésiques de la cour intérieure seraient sûrement ravis d'améliorer leur ordinaire. Il faillit lâcher son fardeau en refermant le cadenas.

Chen venait de finir de prendre les empreintes de Song et du présumé Chu Pei quand les autres arrivèrent. Collins, qui attendait à la porte, vit avec un certain soulagement que ce n'était pas l'Austin de McCraddle qui ouvrait la route au milieu des pousses mais la Morris bleue de son futur remplaçant, Gavin Kent, tout juste arrivé de New Delhi. McCraddle était un coroner des plus compétents mais il avait une certaine tendance à saouler Collins avec ses remarques désobligeantes sur les Chinois, les Malais et, en général, tous ceux qui n'étaient pas des Écossais de pure souche depuis un millénaire. Kent, qui avait tout juste la quarantaine et était le sosie d'Errol Flynn, la nouvelle coqueluche d'Hollywood, avait apparemment décidé de la jouer douce et d'essayer de montrer que le fair-play et la distinction anglaise pouvaient coexister avec l'ambiance si particulière des colonies.

La Morris s'arrêta derrière la voiture de Collins. L'ambulance de l'Hôpital Général les contourna pour venir directement se positionner devant l'entrée de la boutique. Deux brancardiers tamouls en descendirent pendant que le chauffeur, un Malais, allumait une cigarette en affichant une expression fatiguée. Gavin Kent, empoigna sa mallette de cuir, tira sur les pans de sa veste blanche fabriquée sur mesure chez Wing Loong, dans High Street, et s'avança vers Collins. Celui-ci se demanda comment un homme constamment par monts et par vaux dans l'étuve de Singapour pouvait avoir l'air toujours aussi impeccable. Et supporter une cravate aussi serrée. Sans doute une recette indienne secrète.

— C'est la première fois que je viens dans le quartier pour le boulot... fit Kent en serrant la main de Collins. Vous faites des heures supplémentaires, inspecteur?

Collins ignora la remarque dépourvue de toute malice. Tout le monde à la Criminelle de Robinson Road connaissait son abonnement au bar du Cricket Club à partir de cinq-six heures de l'après-midi. Il fit signe au futur coroner de Singapour d'entrer dans la boutique.

Là où le coroner encore en titre aurait pesté contre les odeurs, les mouches et la saleté, naturelle à ses yeux, des Jaunes, Kent se contenta de jeter un coup d'œil sans surprise puis de se diriger sans un commentaire vers les deux cadavres. Il salua Chen, en train de mettre à l'abri ses relevés d'empreintes digitales. Deux pas derrière, les brancardiers s'arrêtèrent au milieu de la boutique vide et attendirent les ordres.

— J'ai bien peur que vous ne soyez venu que pour la forme, fit Chen. Les deux victimes ont été abattues sans coup férir par un professionnel. Sûrement un *samseng*, un homme de main des sociétés secrètes. Et comme le magasin a été pillé avant qu'on arrive, il est inutile d'espérer y découvrir le moindre indice sur le tueur...

– Sommes-nous bien placés pour en vouloir à ces pauvres gens d'avoir agi ainsi ? rétorqua Kent avant de se pencher vers le cadavre de la plus jeune des deux victimes.

Le coroner expédia son rapport à toute vitesse, et prit ensuite rapidement cinq photos de la scène du crime avec le Kodak muni d'un flash au magnésium qui se trouvait dans la Morris. Il n'y avait rien d'autre à faire et tout le monde voulait en avoir terminé avant que la pluie diluvienne qui s'annonçait pour très bientôt ne noie le quartier en même temps que le reste de la ville.

— On a trouvé cette lettre du Protectorat des Chinois sur le plus jeune des deux, dit Collins en tendant le document. Il semblerait qu'il se nomme Chu Pei. Il y a son adresse et celle de sa mère, dessus.

Le Coroner lut rapidement la lettre.

– Je vois... La pénible corvée d'aller annoncer à une vieille femme infirme la mort de son seul fils sera donc pour moi.

— À chacun son fardeau, n'est-ce pas ? fit Collins. Mais elle appréciera peut-être que le grand *tuan*-docteur se soit déplacé en personne.

— Si vous le dites... Je vous ferai parvenir demain le rapport d'autopsie et des tirages des photos, dit Kent lorsqu'il eut fini de replier la lettre. J'en toucherai deux mots à McCraddle. Il m'a demandé de le tenir au courant des affaires importantes pendant qu'il mettait en ordre ses dossiers. En tout cas, n'oubliez pas de m'informer de l'avancement de l'enquête... Allez-y ! ajouta-t-il à l'adresse des brancardiers.

En l'espace de quelques minutes, les deux cadavres furent embarqués dans l'ambulance sous les yeux d'un nouveau groupe de badauds, de coolies et de tireurs de pousse momentanément désœuvrés, que l'apparition des voitures avait attirés. Le fait qu'une escouade de *mata-mata* n'ait pas été conviée sur les lieux du crime, en dépit du pillage, semblait en fin de compte avoir eu un effet apaisant sur la population locale. Mais pas au point d'approuver que la police des Blancs se mêle d'une affaire qui, au fond, ne la regardait pas. Fang aurait dorénavant intérêt à vendre, au moins pour un temps, ses oiseaux ailleurs... songea Collins.

Pendant que l'ambulance et la Morris de Gavin Kent repartaient vers l'Hôpital Général, John Chen referma la porte des Délices de Canton. La serrure était inutilisable mais, de toute manière, il ne restait plus rien à voler. Collins lui demanda alors de tenir la serviette de Song pendant qu'il rédigeait un bref message en cantonais demandant à tout membre de la famille du défunt de se manifester au QG de Robinson Road. Une fois le message accroché de manière visible et à l'abri de la pluie qui couvait, Collins reprit les documents.

— Au fait, c'est quoi cette serviette ? s'enquit Chen alors que les deux hommes se dirigeaient vers la Ford après avoir congédié l'agent malais.

Collins eut un sourire.

— À mon avis, du travail pour toi dès demain matin, fils... Mais en attendant, que dirais-tu d'un bon repas chez Marna Wang, hein ? À mon avis, elle ne va pas tarder à étrenner le nouvel écoulement des eaux de sa cour...

— Et le rapport ?

— T'inquiète... Je m'occuperai de ça après, à la fraîche. En attendant, on a bien mérité de pouvoir discuter de tout ça en dégustant la cuisine de Tchao-tong avec du rosé d'Australie.

Les premières et lourdes gouttes commencèrent à tomber à la seconde où Collins tira sur le démarreur, comme si le moteur avait commandé aux vannes du ciel de s'ouvrir. Tout autour de la voiture, les habitants du quartier s'égaillèrent pour échapper au déluge. Les seuls à lui trouver un intérêt furent les quelques centaines de tireurs de pousses de la ville en assez bonne condition physique pour être capables de courir dans un pied d'eau. Ils allaient pouvoir profiter de la prise d'assaut des taxis et faire monter de deux à trois fois le prix de la course. Les vieux, les *singkeh*[14] trop inexpérimentés et les fumeurs d'opium n'auraient,

---

[14] *Nouveaux arrivants de Chine.*

eux, plus qu'à se mettre à couvert ou rapporter leur pousse au loueur.

Dans le caniveau, juste à côté de la roue avant de la Ford, un rat noir jeta un regard perçant vers l'eau qui s'écoulait dans sa direction avant de filer se mettre au sec dans la boutique de feu Mr Song.

III

Sans être un maniaque de l'efficacité — mais qui l'était vraiment en Malaisie ? — Collins ne détestait pas venir passer une heure ou deux le soir sur un dossier récalcitrant. Le Cde la criminelle était assoupi et le sale boulot, généralement dans les rues à bordels et aux abords des quais de Tanjong Pagar, était pour l'équipe de garde. Enfin, et surtout, il faisait un peu moins chaud.

Collins se servit une rasade de Johnny Walker et remit la bouteille dans le tiroir du bureau. Rédiger le compte rendu de leur intervention sur les lieux du crime ne lui prit guère de temps. Le seul détail à vérifier restait de savoir si le jeune homme était effectivement le Chu Pei de l'adresse mentionnée dans la lettre du Protectorat des Chinois. Normalement, il n'aurait pas dû prendre l'affaire en charge puisqu'il n'était pas de service mais il était prêt à parier que personne ne soulèverait ce détail.

Il ouvrit la serviette abritant les petits secrets bancaires de Song Li-wan. Cela lui remit en mémoire la vision insupportable de l'agneau aux pattes brisées gisant dans ses déjections en bêlant de douleur. Le silence qui avait suivi le brusque aller et retour de la lame dans la gorge de l'animal n'avait rien arrangé, loin de là...

Song avait un peu plus de dix mille dollars sur son compte, ce qui était bizarre pour un simple propriétaire d'échoppe de quartier qui n'avait rien d'un *towkay*, ces Chinois enrichis qui étaient les clients habituels d'une banque comme l'Oversea-Chinese. En feuilletant les documents, Collins découvrit vite que les dépôts de Song correspondaient aux bénéfices que pouvait rapporter sa modeste entreprise : entre cinquante et soixante dollars chaque mois. Restait à savoir d'où il tenait les douze mille dollars qui avaient servi à l'ouverture du compte. Le policier s'aperçut aussi que la victime avait retiré cinq cents dollars le matin même du meurtre. D'après Fang, le tueur avait vidé la boîte servant de caisse dans la boutique. Et si c'était ça, le mobile de cette tuerie ? Un banal vol... On tuait au couteau pour cent fois moins dans certaines rues malfamées.

Peut-être, mais les tueurs professionnels étaient rarement dans ces coups-là. Il devait y avoir autre chose.

— Alors ? demanda Collins en voyant entrer son adjoint dans le bureau.

Il était presque midi et un ciel brumeux maintenait une atmosphère de serre humide au-dessus de Singapour et du reste de l'île. Peu après le départ de Chen pour l'agence de l'Oversea-Chinese sur North Bridge Road, Collins avait reçu un coup de téléphone du bureau du coroner qui lui avait confirmé que le second cadavre était bien celui du dénommé Chu Pei, contremaître sur les docks de profession. Collins avait donc ainsi pu compléter son rapport en attendant celui de l'autopsie.

— Bingo, répondit Chen. J'ai été reçu par le sous-directeur de l'agence de l'Oversea-Chinese. Il n'a fait aucune difficulté pour m'aider. Il m'a même offert du thé en attendant que le caissier s'occupant habituellement de Song se libère.

— Ensuite ?

Chen déposa le dossier sur les papiers qui encombraient le bureau.

— Song a un fils, il possède une petite affaire d'import-export qui vivote à KL. Le caissier m'a dit que c'était à sa connaissance son seul parent en Malaisie depuis la mort de son autre fils dans un accident de la route. Vous trouverez l'adresse de ce Song Keng-lian dans le dossier. Il m'a aussi dit que le vieux aurait justement retiré les cinq cents dollars d'hier matin pour les donner à son fils qui avait besoin de liquidités pour une transaction urgente.

— Ce qui veut dire que le fils est sans doute à Singapour et qu'il ne va pas tarder à se manifester quand il découvrira ce qui est arrivé à Song, dit Collins. J'ai bien fait de laisser un message sur la porte. Ça nous évitera d'interroger les voisins... À condition qu'un imbécile ne l'ait pas arraché, évidemment... Et pour les fameux douze mille dollars déposés à l'ouverture du compte ?

— Le caissier m'a dit que Song lui avait confié les avoir gagnés au jeu... À mon avis, on n'en saura pas plus de ce côté-là. Mais je crois que ce doit être vrai. Si le vieux avait eu des activités douteuses régulières, l'argent n'aurait pas circulé sur son compte de manière aussi parcimonieuse par la suite.

— Et il n'aurait pas eu besoin de venir retirer cinq cents dollars s'il avait eu une caisse noire, compléta Collins. Au fait, as-tu...

Il fut interrompu par un planton malais qui venait de frapper à la porte du bureau.

— Inspecteur, il y a un Chinois en bas qui veut absolument vous voir. Au sujet du meurtre de Cross Street...

— Dis-lui que je l'attends, répondit Collins avant de quitter son siège pour remettre un peu d'ordre sur son bureau et faire glisser la serviette dans le tiroir qui abritait la bouteille de Johnny Walker.

— On dirait que le mot sur la porte était vraiment une bonne idée... sourit Chen.

Le jeune homme d'une trentaine d'années qui déboula dans la pièce était en proie au désarroi habituel dans ce genre de situation. Son visage lisse, à la peau légèrement cuivrée, était parcouru de frémissements, et ses yeux très bridés étaient humides. Les deux policiers notèrent qu'il était vêtu de la blouse et du pantalon traditionnels mais que ceux-ci étaient de bonne facture. Même chose pour ses chaussures noires en toile.

— Song Keng-lian, je suppose ? dit Collins.

— Oui, je... Je viens juste d'apprendre que mon père... Et on m'a dit qu'un autre homme avait été tué en même temps que lui ! C'est épouvantable, épouvantable... ! Pourquoi ?

Il s'essuya les yeux.

— Asseyez-vous, fit Chen en approchant une chaise. Voulez-vous que je vous fasse apporter un peu de thé ?

Ils attendirent en silence que le planton ait servi Song Keng-lian, lequel paraissait assommé. Sa lèvre inférieure était agitée sans cesse par un léger tremblement, et le jeune homme semblait essayer de dire quelque chose qui ne voulait pas sortir.

— Comment s'appelait-il ? demanda-t-il soudain.

— L'autre victime ? dit Collins. Chu Pei. C'était un modeste contremaître à Tanjong Pagar. À mon avis, sa vieille mère infirme qu'il entretenait est maintenant sur une très mauvaise pente...

Song Keng-lian baissa à nouveau la tête, fixant la surface du thé dans la tasse.

— Encore une autre victime... chuchota-t-il comme pour lui-même.

Les deux policiers se regardèrent. Puis Collins se pencha vers le jeune homme qui continuait à marmonner quelque chose d'incompréhensible en cantonais.

— Je suis désolé de devoir encore vous infliger ça mais il va falloir que vous alliez à la morgue de l'Hôpital Général pour reconnaître le corps de votre père. Comme vous êtes son seul parent ici, il n'y a que vous qui puissiez le faire...

— Sans ça, le coroner ne pourra pas signer le permis d'inhumer, expliqua Chen d'une voix qu'il espérait apaisante.

Song Keng-lian cessa soudain de marmonner. Il se redressa, reposa la tasse sur le bureau de Collins et inspira profondément.

— Je vais y aller immédiatement, dit-il. Dire que je n'aurai pas eu le temps de revoir mon père vivant avant que...

Il s'interrompit. Une lueur parut traverser ses prunelles sombres.

— Soyez remerciés pour votre accueil. Je crois que celui qui est à l'origine de tout ce malheur ne pourra qu'en porter le poids jusqu'à la fin de ses jours.

Collins posa la main sur l'épaule du jeune Chinois.

— Et moi, j'espère qu'il le fera derrière de bons barreaux... Dites-moi, connaissiez-vous des ennemis à votre père ? Ennemis au point de vouloir envoyer un tueur à gages pour l'exécuter ?

Song Keng-lian se raidit.

— Non... Mon père... mon père ne me disait rien sur sa vie. Mais il se peut qu'il ait été haï sans le savoir...

— Possible... répondit Collins en notant le côté un peu étrange de cette réponse.

Song Keng-lian perdit enfin son regard absent, comme s'il revenait à la vie après une séance d'hypnose. Il tira une carte de visite très simple et la donna à Collins.

— Si vous avez besoin de quoi que ce soit, inspecteur, voici mon adresse à KL. Je viens même de faire installer le téléphone.

— Je vous demanderai quand même de revenir demain matin pour répondre à quelques questions concernant votre père, dit Collins. Voulez-vous que je fasse arrêter un taxi par un des plantons ?

Le Chinois secoua la tête.

— Non, merci, je prendrai un pousse. Je les ai toujours préférés à vos autos... Et je serai là demain à la même heure.

Collins regarda partir le fils de Song avec un regard appuyé que remarqua son adjoint.

— Un problème ? fit-il lorsque le bruit des pas se fut éloigné dans le couloir.

Collins passa les doigts dans son col qui commençait déjà à le serrer.

— Je ne sens pas bien ce type, c'est tout. Tu n'as pas eu l'impression qu'il s'intéressait plus à la mort de Chu Pei qu'à celle de son père ? Et il n'a même pas demandé si nous savions quelque chose sur le tueur. Il faudra que j'essaie d'éclaircir ça demain.

L'agent Kim, de service au standard téléphonique, posa le combiné sur son comptoir et courut vers l'extérieur. Il poussa un soupir de dépit en apercevant la Ford s'éloigner rapidement dans la circulation vers le centre-ville. Les deux inspecteurs venaient d'être appelés d'urgence suite à une bagarre ayant tourné au drame au Clifford Pier.

-- Je suis désolé, sir, dit-il au caissier le l'Oversea-Chinese qui avait rappelé l'inspecteur Chen comme celui-ci le lui avait demandé au cas où il se souviendrait d'un autre détail important. Je note votre message. Vous vouliez lui préciser que le dénommé Song vous avait dit que son fils l'attendait devant la banque, c'est ça ? Bien, l'inspecteur Chen vous recontactera dès son retour... Merci de votre précieuse coopération, ajouta-t-il suivant sa formule de politesse habituelle avant de raccrocher.

IV

Il faisait encore plus chaud que d'habitude et les ventilateurs de Robinson Road ne parvenaient plus à remuer l'air gluant. Quand Collins et Chen se présentèrent, le planton malais de la réception les intercepta pour dire que l'inspecteur avait une lettre personnelle et qu'elle avait été apportée par un tireur de pousse.

Collins attendit d'être assis derrière son bureau pour l'ouvrir. Elle était rédigée en cantonais, avec une certaine tension dans la calligraphie qui trahissait l'agitation de son auteur. Le policier ne fut guère surpris quand il découvrit l'identité de celui-ci.

Trois jours plus tôt, Song Keng-lian leur avait filé entre les doigts au lieu d'aller reconnaître le corps de son père à la morgue. Et en pousse, pour ne laisser aucune piste. Si seulement ce fichu caissier les avait rappelés un peu plus tôt, ils auraient su que l'autre leur avait menti en disant qu'il n'avait pas revu son père le jour du meurtre et auraient pu le faire enfermer au lieu de lui proposer un taxi pour s'enfuir...

D'un autre côté, la diffusion du portrait-robot du tueur à la cicatrice en étoile établi à partir du croquis de Chen avait donné les résultats escomptés. L'homme avait été appréhendé la veille au cours d'un contrôle inopiné sur la digue de Johore Bahru[15]. Il avait beau s'être noyé après avoir tenté de fuir en se jetant à l'eau, on avait retrouvé sur son cadavre plus de quatre cents dollars et un Browning de calibre identique à celui des balles. L'expertise de l'arme était en cours.

Quelque chose avait toujours soufflé à Collins que cette histoire n'était pas ce qu'elle paraissait être et que le fugitif se manifesterait à nouveau un jour ou l'autre. Et il s'avérait qu'il avait eu raison.

Cher inspecteur Collins,

Lorsque vous lirez cette lettre, je serai déjà loin de Singapour. Ainsi que vous l'avez probablement deviné, c'est moi qui ai organisé le meurtre de mon père. Je ne vous révélerai pas le vrai nom du tueur car je ne le connais pas. Sachez cependant que cet homme a été payé avec l'argent retiré par mon père le matin même à la

---

15 *Seul point de passage entre l'île de Singapour et la Malaisie.*

banque, sans que je garde un seul dollar pour moi. Mon père a donc financé son propre meurtre... J'ai demandé au **samseng** *de le lui révéler juste avant de l'exécuter pour qu'il sache pourquoi c'était son propre fils bien-aimé qui avait décidé de le faire mettre à mort.*

Je l'ai fait pour venger ma petite sœur Mau-tan qui avait été vendue à un trafiquant de Canton, où nous étions venus habiter après la mort de ma mère. J'aimais beaucoup Mau-tan et je n'ai jamais admis son sort, même si j'ai toujours réussi à cacher mes sentiments à mon père.

Après notre départ pour Singapour, et mon installation à KL, j'ai pu retrouver par un ami resté à Canton la trace de Mau-tan, devenue une **ah ku**[16] *pour un propriétaire de bordel flottant sur la rivière des Perles. Nous nous écrivions deux ou trois fois par an. Et puis, il y a une semaine, j'ai reçu un petit mot de la personne qui rédigeait ses lettres pour Mau-tan et qui m'a annoncé que ma sœur était morte, la gorge tranchée par un client ivre qui refusait de payer.*

La justice anglaise ne pouvant châtier le véritable coupable, mon père qui avait livré Mau-tan à la débauche, j'ai donc décidé d'agir à sa place et de trahir cette piété filiale qui est si importante chez nous. Maintenant, avec l'argent économisé à KL, je retourne au pays.

Votre dévoué Song Keng-lian.

PS : Vous trouverez joint à cette lettre un document officiel disant que je cède l'argent hérité de mon père aux proches de l'infortuné jeune homme présent dans la boutique lorsque le **samseng** *est venu remplir son contrat. Je ne me pardonnerai jamais d'avoir causé cette mort inutile. C'est lui que je pleurais lors de notre*

---

16 Prostituée.

entrevue, pas mon père. Mais je voudrais que celui-ci soit tout de même enterré comme il le désirait dans le cimetière chinois d'Alexandra Road.

Collins se frotta les yeux et reposa la lettre sur le bureau. Il parcourut alors le document rédigé suivant les règles légales et qui donnait effectivement au plus proche parent vivant de Chu Pei tout ce qui resterait, après les frais d'enterrement, de l'argent du compte bancaire et du produit de la vente du magasin de Cross Street. Puis il tendit le tout à Chen.

— Ça va faire du bien à la mère de Chu Pei, fit celui-ci. Son fils était son seul support dans la vie. Seulement, si on apprend qui a fait le coup, la donation risque fort d'être bloquée... Cela dit, je ne comprends pas pourquoi Song Keng-lian a pris le risque de venir nous voir au lieu de filer. C'est bien ce qu'il avait l'intention de faire de toute façon, non ? Il avait même revendu son affaire à KL juste avant de prendre le train pour venir ici. Et il a eu le culot de nous donner sa carte...

Collins se leva et fit le tour du bureau. Il reprit la lettre d'aveux des mains de son adjoint.

— Il est venu à cause de Chu Pei. C'est ce que j'avais senti sur le moment, rappelle-toi. Je crois qu'il a eu un instant l'intention de se livrer mais l'instinct de conservation a repris le dessus sur le remords et la honte quand il a soudain pensé à cette histoire de donation.

Collins se tut quelques secondes avant de poursuivre :

— Nous avons donc le choix entre éviter de laisser sombrer un peu plus dans la misère une vieille femme invalide qui vient de perdre son fils unique, et lancer une traque judiciaire contre un homme qui ne pourra sans doute jamais être rattrapé et qui a été aveuglé par la colère.

— Ce n'est pas une excuse...

— Évidemment. Mais le souvenir de Chu Pei sera comme une prison qu'il ne pourra plus quitter. Fais-moi confiance, ça sera bien pire à la longue qu'une dizaine d'années derrière des barreaux anglais.

— Tout tient en fait à cette lettre, dit Chen en désignant la confession écrite du menton. Si on la joint au dossier...

Collins fronça les sourcils. Il se détourna quelques secondes et il y eut un bruit de papier froissé. Lorsqu'il se retourna, ses mains étaient vides. Chen se sentit quelque part soulagé. Les méthodes de son chef, d'un pragmatisme quelquefois peu soucieux des règlements, commençaient à déteindre sur lui.

— Quelle lettre ? grommela Collins. Où as-tu vu une lettre ? Enfin, tout cela n'était qu'un obscur règlement de comptes du milieu ! Maintenant qu'on a le cadavre de ce salopard avec la cicatrice en étoile, crois-moi, on n'aura aucun mal à lui faire porter le chapeau. Il ne risque plus de parler ! Et le dossier sera bouclé de façon apparemment satisfaisante pour nos grands chefs.

— C'est bien ce qui me semblait... sourit Chen.

— Alors, reprit Collins, au lieu de bayer aux corneilles, retrouve-moi plutôt l'adresse de la mère de Chu Pei. Cette pauvre femme va avoir maintenant de quoi payer un avocat pour faire plier la ST au sujet de sa pension...

UNE HISTOIRE CHINOISE

Pour Achmed Abdullah

I

Collins, sentant une crampe venir, étira sa jambe droite sous la table. Le repas l'avait mis de bonne humeur et le swing de la musique de l'orchestre de Dan Hopkins avait un effet lénifiant sur ses pensées. Autour d'eux la grande véranda du Raffles bruissait des conversations des clients entrecoupées par le passage des serveurs indigènes empressés et efficaces. Soudain, deux verres surgirent sur la table. Ramsey avait pris un cognac mais Collins était resté fidèle au Johnnie Walker dont il transportait d'ailleurs en permanence une bouteille sous le siège avant de sa Ford.

Le journaliste leva son verre.

– À la santé de la police de Singapour ! Vous avez été un guide parfait, inspecteur. Vous savez, pour la plupart des Américains, votre ville est à peu près aussi exotique et inconnue que la planète Mars. Ça va être une découverte totale et passionnante, qui va les changer de toutes ces horreurs commises par les Japonais à Nankin. Quand je pense que ces salopards ont même eut le culot de nous couler une canonnière sans que

Roosevelt bouge le petit doigt !

Ramsey parut se calmer d'un coup, reposa son verre sur la nappe blanche et se pencha vers Collins qui sirotait son whisky en silence, songeant que c'était toute une époque qui semblait en train de commencer à s'effilocher sous leurs yeux.

– Cela dit, vous n'avez pas tenu votre promesse…

– Ma promesse ? fit le policier en fronçant les sourcils.

Ramsey eut un sourire.

– Hon, hon. Souvenez-vous, vous m'aviez promis de me raconter une bonne histoire chinoise. Pas un de ces trucs qu'on lit dans les magazines à sensation, mais du vécu, de l'authentique avec lequel je pourrai boucler en beauté ma série d'articles…

Le carnet de notes apparut comme par magie à côté du verre de cognac.

– Je n'avais pas oublié, fit Collins en jouant avec l'extrémité de sa moustache rousse. J'attendais seulement que vous remettiez ça sur le tapis. Bon, je pense que je vais vous raconter l'histoire de Leong Lam… Elle date de quelques années déjà, de 1920 si mes souvenirs sont bons. Je venais juste d'arriver à Singapour après avoir quitté la police de Shanghai, et je crois qu'elle devrait vous convenir…

II

Leong Lam s'arrangea pour être le dernier à descendre sur l'embarcadère de bois. Il prit son inspiration et s'avança sur la planche posée sur le rebord de la jonque en évitant de regarder vers le bas, vers cette eau sale dont il avait fini par rêver dans le lointain pays des Blancs. Un pas de côté et il risquait de se retrouver dedans et il avait appris à se méfier à chaque seconde de ses vertiges qui l'empêchaient désormais de se mettre debout sur une simple chaise. L'interprète, qui ne connaissait rien à la médecine et qui était toujours pressé, lui avait résumé les conclusions du docteur blanc en lui disant que c'était son œil manquant qui lui jouait des tours mais que cela finirait par passer avec l'habitude. Pourtant, deux ans plus tard, rien n'avait changé.

Sur l'embarcadère, l'attendait Ah Kai. Lui non plus ne semblait pas avoir changé, comme si la pauvreté avait des vertus de conservation insoupçonnées. D'ailleurs, dans le cas contraire, toute vie n'aurait-elle pas disparu depuis longtemps sur cette côte abandonnée des dieux ?

La silhouette maigre de Ah Kai, qui flottait dans ses vieux vêtements rapiécés et tenait son chapeau de paille rond contre son ventre à la manière d'un bouclier, resta immobile pendant qu'il s'approchait. Leong Lam ne lui en voulut pas. La véritable épreuve viendrait au moment où son épouse découvrirait son nouveau visage, ou plutôt ce qui subsistait de l'ancien…

Leong Lam déposa son ballot.

– Je suis heureux de te voir ici, dit-il à Ah Kai avec un demi-sourire, ce qu'il pouvait faire de mieux en la matière.

L'autre parut subitement reprendre vie. Son visage ridé s'anima là où la peau sombre n'était pas trop tannée.

– Nous avons reçu ta lettre et le vieux Wang a pu nous la lire. Nous avons tous pensé que c'était un miracle. Tout le monde te croyait mort après toutes ces années sans nouvelles alors que la grande guerre des Blancs était finie.

– J'ai mis du temps à rentrer. Vois-tu, les Blancs étaient plus pressés de nous emmener que de nous ramener. Et puis…

Ah Kai s'avança d'un pas. Ses yeux devinrent des fentes alors qu'il scrutait le visage de son ami.

– Que t'est-il arrivé ?

Leong Lam se racla la gorge. Cent fois on lui avait posé la question depuis que le bateau était entré dans les eaux du *Nanyang*[17] après l'escale obligée de Singapour. Il y avait toujours répondu de bon gré. La seule fois où il l'avait regretté c'était lorsque ce coolie excité de Hong Kong avait commencé à le suivre sur le quai en criant qu'il fallait qu'il se révolte contre les profiteurs qui lui avaient fait ça et que tous les opprimés du monde devaient se lever pour faire la révolution qui les libérerait enfin de l'esclavage.

– Un accident, expliqua-t-il. Juste avant la fin de la guerre, un tuyau s'est brisé dans l'usine à fabriquer des canons où je travaillais et j'ai eu la moitié de la figure brûlée par de l'eau bouillante…

Ah Kai resta un instant sans voix, cherchant en vain à trouver une parole sensée sur les chemins du Destin avant de se résoudre au plus simple, à la seule chose qu'il avait vraiment envie de dire.

– Le principal, c'est que tu sois revenu vivant pour reprendre ta place parmi nous et que je puisse enfin retourner en mer avec l'ami qui était le plus cher à mon cœur. Les poissons n'ont qu'a bien se tenir !

Leong Lam préféra attendre pour lui parler des

---

vertiges qui l'empêchaient même de se tenir debout sur un sampan. Par contre, il ne put empêcher de laisser échapper la question qui le hantait depuis si longtemps :

– Et Yin ? Comment va-t-elle ?

Yin aux longs cheveux, aux seins pointus et à la peau douce, qui avait tant pleuré quand il lui avait promis de ne pas l'abandonner lorsqu'il s'était aperçu qu'elle ne pouvait pas avoir d'enfant. Yin qui avait juré qu'elle se tuerait, jusqu'à ce qu'il l'oblige à rendre son serment, si elle apprenait qu'il était mort à la guerre. Yin qui n'était pas là.

Ah Kai eut une petite grimace.

– Tu la connais, elle a toujours su faire face. Allez, partons d'ici. La route est longue jusqu'au village.

Leong Lam posa la main sur l'épaule de son ami qui recula d'un pas.

– Elle s'est enfuie avec un autre, c'est ça ? dit-il d'une voix tremblante.

Ah Kai se gratta le cou, soudain incapable de relever les yeux. Il sentit les doigts se resserrer plus fort sur sa clavicule.

– Oui, elle est partie de chez nous, mais seule… Tu sais comment sont les femmes dès que l'homme ne les surveille plus… Chan Ah Tin, son père, t'expliquera. Il est toujours le chef du village. D'ailleurs, il nous attend.

Le village était un entassement, il n'y avait pas d'autre terme, de maisons de bois pouilleuses disposées en arc de cercle au fond d'une petite crique. Des maisons comme il y en avait tout au long de la côte du Kuantoung. Le chemin de terre qui y menait se terminait au milieu des habitations misérables. Sur la plage étroite, parmi divers débris, se trouvait une seule barque tirée au sec. Les autres étaient parties en mer tenter de chercher une maigre pitance qui suffirait à peine à survivre jusqu'au lendemain. En l'apercevant de loin, juste avant d'arriver à hauteur de la première masure, Leong Lam, comprit que le seul bateau qui n'avait pas pris la mer était celui de son ami venu le chercher.

– Ne t'inquiète pas, sourit celui-ci en voyant la consternation qui s'était affichée sur le visage ravagé. Je suis tout seul maintenant et Chan Ah Tin m'a dit que nous partagerions son repas ce soir…

– Tout seul ? fit Leong Lam ? Mais, Tai Ho…

Le vieux pêcheur haussa ses maigres épaules.

– Elle a attrapé une mauvaise fièvre un peu après le départ de ton épouse et comme nous n'avions pas les moyens d'aller voir un docteur, elle est morte deux jours plus tard. De toute façon, quitter cette vie a du être une délivrance pour elle… Ah, je crois qu'on nous a vus, dit-il, pressé de changer de sujet.

Une bande de gamins en haillons venait en effet de surgir sur le chemin en agitant les bras. Mais dès qu'ils découvrirent le visage de Leong Lam, leur enthousiasme s'éteignit brusquement. L'un d'eux poussa même un cri et rebroussa chemin en hurlant.

Quand les deux hommes arrivèrent enfin devant la maison du chef du village, qui semblait avoir subi une sérieuse réfection, ils étaient entourés par une douzaine de femmes et de vieillards. La plupart des enfants suivaient derrière en chuchotant entre eux. Mais pas assez bas pour que l'oreille de Leong Lam ne puisse saisir les allusions à l'horreur qu'inspirait sa blessure.

Tout ce petit monde fut promptement dispersé par Chan Ah Tin qui n'avait pas perdu sa voix de stentor depuis la dernière fois que Leong Lam l'avait vu, serrant Yin en larmes contre sa poitrine. Peut-être les mouvements de son bâton avec lesquels il avait toujours repoussé ceux qui l'indisposaient étaient-ils moins vifs mais le vieil homme savait encore se faire respecter. Il invita le revenant et son compagnon à entrer.

– Aujourd'hui est un grand jour car plus personne n'espérait te revoir, dit-il de sa voix cassée en repoussant la natte pendue qui servait de porte. C'était comme si j'avais perdu un fils ! Et ne te tracasse pas pour ta blessure : dans deux jours, personne n'y fera plus attention. Souviens-toi du bras arraché de Lim Hong...

Leong Lam hocha la tête, peu convaincu. Le boulet de la jonque pirate qui avait arraché l'épaule de Lim Hong avait laissé des traces si affreuses que celui-ci n'avait jamais plus ôté sa chemise crasseuse en public jusqu'à sa mort.

À l'intérieur attendait le vieux Wang, celui qui avait lu la lettre. Une femme si âgée qu'elle était cassée en deux se tenait dans l'ombre de la pièce, près d'un brasero tout juste allumé pour économiser le combustible. Un *wok* et divers ustensiles de cuisine en terre cuite étaient posés à même le sol. L'intérieur de la pièce sentait un mélange de sauce de poisson et de sauce *Hoisin*. L'estomac vide de Leong Lam se serra.

Chan Ah Tin ne prit même pas la peine de présenter la femme et invita ses trois hôtes à s'asseoir autour de la table à la mode européenne qui faisait sa fierté. Elle s'était échouée une dizaine d'années plus tôt parmi les rochers de la pointe sud, résidu incongru d'un naufrage, et en temps que chef du village, Chan Ah Tin se l'était attribuée d'office. Leong Lam remarqua que, tout comme l'intérieur de la pièce, la table avait subi une cure de jouvence sous la forme d'une couche de peinture bleue vernie.

Le maître de maison fit claquer ses doigts et la femme sans nom accourut déposer un cruchon et des petits gobelets en grès. Elle remplit ces derniers d'alcool de riz avant de battre en retraite jusqu'au brasero. Chan Ah Tin avait vraiment bien fait les choses pour accueillir son gendre rescapé de la grande guerre des Blancs.

Leong Lam vida son gobelet d'un trait pour se donner du courage. Il ne récolta que l'impression de sentir une coulée de lave dévaler à l'intérieur de sa poitrine. Il étouffa un hoquet.

– Yin… parvint-il à articuler.

Les trois autres se regardèrent avec une mine de circonstance mais tous savaient que c'était à Chan Ah Tin de parler. Le vieux posa son gobelet et se pencha vers son gendre par-dessus la table.

– Mon fils, ta femme est partie au début de l'année gagner sa vie Singapour car elle a fini par penser, comme nous tous, que tu étais mort. Elle a voulu nous décharger du fardeau de la nourrir, elle qui n'avait pas été capable de me donner de petit-fils. Cette réaction est tout à son honneur, crois-moi…

Leong Lam resta sans voix. Singapour ? À chaque fois qu'une femme était partie là-bas, c'était pour…

– Elle est partie en femme libre, précisa Ah Kai qui avait lu dans ses pensées. Avec son physique agréable, on lui a dit que si elle était dure au travail, elle pourrait trouver facilement une place d'*amah* chez un Blanc ou un riche Chinois.

Chan Ah Tin leva la main.

– Restons-en là pour l'instant, mes amis. Nous reparlerons de tout ça après le repas.

La partie encore vivante du visage de Leong Lam se figea. Une crampe lui tordit l'estomac mais il sut que cela n'avait rien à voir avec la faim. D'ailleurs, il ne sentait même plus l'odeur des sauces ni celle du poisson qui commençait à cuire dans le *wok*. Il se leva.

– Une femme libre ! Et tu l'as laissé faire ? Tu as laissé partir ta propre fille !

Le chef du village fronça les sourcils. Manifestement, il ne comprenait pas la réaction de son gendre.

– Mais c'est ce qu'elle avait de mieux comme avenir. Je te l'ai dit, elle n'était d'aucune utilité ici… Des centaines de filles quittent le pays chaque année pour soulager leur famille de leur poids. As-tu oublié à quel point nous sommes pauvres, mon fils ? Bien sûr, si nous avions su que tu allais revenir, je l'aurais dissuadé d'aller faire l'*amah* à l'autre bout du monde.

– Je vais la retrouver ! jeta Leong Lam en frappant du poing la table avec une violence qui le surprit lui-même. Je vais retourner à Singapour ! Qui a-t-elle rencontré pour organiser son départ ?

Les trois hommes restèrent médusés. Au fond de la pièce, la vieille femme parut se courber un peu plus et leur tourna le dos.

– Mon fils, finit par dire Chan Ah Tin, elle a suivi un homme qui était venu de Hong Kong au village pour voir si des jeunes filles voulaient quitter le pays pour travailler comme servantes. Je ne me souviens plus de son nom, mais il avait l'air honnête. Et Yin n'a pas plus donné de nouvelles depuis son départ que tu ne l'as fait de ton côté. Quelle ingrate ! Et, bien entendu, elle n'a jamais envoyé le moindre argent comme elle l'avait promis...

Leong Lam commença à se demander si l'autre n'essayait pas de le culpabiliser.

– Tu retrouveras une autre femme qui te donnera des enfants, fit Wang qui était resté silencieux jusque-là. J'en connais une qui se moquerait de ce qui est arrivé à ton visage. Bien sûr, elle n'est pas très belle mais c'est une fille robuste...

Ah Kai eut un demi-sourire édenté.

– La grosse Mui Chai, hein ? C'est vrai qu'elle, elle ne risquait pas de partir, pour faire l'*amah* ou autre chose...

Son sourire s'évanouit quand il vit Leong Lam tourner les talons et quitter la maison sans un mot.

– Vous ne croyez pas que nous aurions du lui dire que... commença Ah Kai.

Le père de Yin se retourna avec un mouvement de colère et appela la vieille femme d'un claquement de doigts.

– Je crois que la guerre lui a dérangé l'esprit. Qu'il retourne donc dans cette ville de débauche pour retrouver sa femme au ventre stérile ! Mes amis, oublions cet imbécile défiguré et mangeons.

III

Collins s'arrêta et regarda son verre vide. Il avait la gorge sèche à force de parler juste assez fort pour se faire entendre sur le fond de l'orchestre tout en évitant de déranger les convives des tables voisines.

– Vous reprenez la même chose ? demanda Ramsey qui avait à peine touché à son cognac.

Collins secoua la tête.

– Si vous voulez que je termine, il vaut mieux que je lève un peu le pied. Une Tiger bien fraîche fera l'affaire.

Ramsey attendit que la bière soit servie pour revenir à la charge.

– Mais comment un simple pêcheur cantonais pouvait-il s'y prendre pour dénicher sa femme en arrivant ici ?

Un serveur chinois vint s'enquérir si tout allait bien avant de repartir.

– Leong Lam était extrêmement décidé, vous savez. Surtout qu'il avait voyagé à bas prix sur un *coolie-ship* rempli à ras bord d'émigrants entre Hong Kong et Singapour. Au moment du contrôle de l'immigration, il a discuté avec l'officier blanc qui inspectait le bateau et qui parlait le cantonais. Celui-ci n'a pas osé l'envoyer promener après avoir appris qu'il avait été défiguré en France. Il lui a dit de s'adresser au Protectorat des Chinois.

– Ah oui, je me souviens, cet organisme qui sert de tampon entre l'administration britannique et les Chinois ?

– Entre les fonctionnaires et les deux tiers de la population de la ville, rectifia Collins. Je ne sais plus quel auteur a écrit que Singapour était plus chinoise que la Chine elle-même mais il avait vu juste. Toujours est-il que, continuant à jouer de sa blessure, notre ami Leong Lam a fini par rencontrer la personne qu'il fallait. Peut-être que le contraire aurait été mieux pour tout le monde...

– Il a retrouvé sa femme ?

– Absolument. Et assez vite, en plus.

– Là, vous m'intriguez, inspecteur. J'ai cru comprendre qu'on ne demandait rien d'autre aux immigrants qu'un certificat de vaccination et qu'il n'y avait aucun enregistrement...

– À cette époque, il existait un système d'encadrement de la prostitution qui obligeait les bordels et les prostituées à se déclarer. Les autorités sanitaires espéraient pouvoir ainsi lutter contre le fléau des maladies vénériennes.

– Vous voulez dire que...

– Oui. La personne du Protectorat a commencé par chercher là où c'était le plus simple dès qu'il s'agissait d'une immigrante asiatique : dans les fichiers de la prostitution... Et c'est ainsi que Leong Lam a appris que sa femme, qui s'était fait enregistrer sous son nom de jeune fille, n'avait rien d'une *amah* mais qu'elle vendait ses charmes dans une maison de Tran Quee Lan Street, à quelques rues d'ici. Qu'elle ait choisi de ne pas salir le nom de son mari alors qu'elle le croyait mort a été cependant un réconfort dans la détresse de cet homme simple. Il a donc noté l'adresse du bordel et le nom de sa propriétaire puis est parti en se confondant en remerciements. Il faut avoir le fatalisme d'un Chinois pour rester poli dans ce genre de circonstances...

IV

Leong Lam s'arrêta à l'entrée de Tran Quee Lan Street. Il avait choisi de venir à pied par le front de mer et Beach Road depuis le Protectorat dont le bâtiment impressionnant dominait le quartier chinois situé à l'ouest de la rivière Singapour encombrée de sampans et de *tongkang*[18]. Les effluves malodorants de la rivière semblaient s'être collés à ses vêtements au point de résister à la petite brise qui arrivait de la rade toute proche.

Mais, à ses yeux, la saleté proverbiale de la rivière n'était rien en comparaison de la corruption morale qui s'étalait dans Tran Quee Lan et les rues adjacentes. On était en fin d'après-midi et la rue bruissait d'une agitation suspecte. De nombreux pousses étaient garés, brancards en l'air et capote repliée, perpendiculairement aux arcades qui abritaient les entrées des bordels de chaque côté de la chaussée. Les tireurs discutaient entre eux en attendant la sortie des clients pendant que d'autres pousses amenaient au petit trot leur lot de nouveaux arrivants en quête de chair féminine.

En s'avançant parmi cette foule qu'il détestait déjà et qui le dévisageait avec surprise, Leong Lam s'aperçut que les ouvertures de nombre de bordels étaient soulignées de panneaux aux idéogrammes vantant les spécialités de leurs meilleures pensionnaires. Quand il parvint à proximité de l'établissement qu'il cherchait, il s'arrêta et pria les mânes de ses ancêtres pour ne pas découvrir le nom de Yin étalé sans pudeur au-dessus d'une des fenêtres. Soulagé de constater que tel n'était pas le cas, il prit son courage à deux mains et entra. Il évita de prêter attention au sourire moqueur du portier musclé qui prenait l'air, une cigarette coincée à la commissure des lèvres.

Il se retrouva dans une sorte de hall en longueur au fond duquel donnait un escalier

---

18 *Embarcation réservée au transport des marchandises.*

arrivant de l'étage supérieur. Autour d'une petite table, trois filles vêtues de négligés aux teintes agressives attendaient le client en dévoilant leurs cuisses et en buvant du thé. Aucune d'elle ne se leva en voyant apparaître Leong Lam.

Une femme vieillissante et empâtée se tenait derrière un petit comptoir de bois laqué non loin de l'entrée, un boulier posé devant elle. Leong Lam se dirigea vers la *kwai po*[19], sentant son cœur cogner dans sa poitrine. La femme le dévisagea avec une grimace.

– Oui ? grommela-t-elle.

Leong Lam prit son courage à deux mains.

– Un de mes bons amis m'a recommandé une de vos filles... souffla-t-il. Elle s'appelle Yin.

À sa grande surprise, la femme eut un petit rire gras.

– Yin ? s'exclama-t-elle en tapant sur le comptoir. Es-tu sûr que cet homme était ton ami ? Elle est si peu douée pour écarter les cuisses que je n'arrive pas à la revendre... Même les plus misérables des *pau chai*[20] n'en veulent pas !

– Je fais confiance au jugement de mon ami, s'obstina Leong Lam, la gorge serrée en découvrant que ses pires inquiétudes se confirmaient.

– Très bien, fit la *kwai po* avec un haussement d'épaules.

Après tout, cette petite garce méritait bien de se faire prendre par ce coolie au visage répugnant pour tous les ennuis qu'elle causait...

Leong Lam paya sans sourciller et attendit que le portier arrive. L'homme eut un autre sourire

---

19 *Tenancière de bordel.*

20 *Bordel de bas étage.*

lorsque la tenancière lui ordonna de conduire le nouveau venu à la chambre où était consignée Yin.

Les marches craquèrent sous leurs pas pendant qu'ils montaient vers le deuxième étage. Ils arrivèrent dans un couloir étroit, mal aéré et chichement éclairé par des lampes à incandescence. Leong Lam se retrouva devant la dernière porte à droite. Son guide taciturne inséra une clé dans la serrure et ouvrit la porte.

Leong Lam inspira profondément avant d'entrer dans la minuscule chambre mal aérée par une petite ouverture grillagée. Le battant de bois se referma derrière lui avec un claquement sec.

En entendant le bruit de la clé, Yin s'était tassée sur le lit contre le mur taché par l'humidité en rabattant autour de son corps nu le tissu de son vêtement. Depuis que Chee, le portier, montait régulièrement pour la battre et la sodomiser son cœur s'arrêtait à chaque fois que s'ouvrait la porte de sa prison. Elle eut un sursaut en découvrant l'homme au visage ravagé qui la fixait de son œil unique. Puis elle vit la larme qui coulait sur sa joue. Puis...

– Yin, c'est moi. Je suis revenu.

La jeune femme poussa un petit cri et s'évanouit.

Quand elle se réveilla, elle découvrit qu'elle était allongée sur le matelas et qu'elle était nue. Leong Lam la fixait, incapable de détacher son regard du corps auquel il avait tant rêvé durant son exil au pays des Blancs. Un bleu de la taille d'une pièce d'un dollar, souvenir du dernier passage de Chee, se dessinait sous le sein droit. Dans un réflexe de pudeur inconscient, Yin posa la main sur le triangle noir de jais qui se déployait au bas de son ventre à peine bombé. Elle détourna la tête et se mit à sangloter.

– Pourquoi n'as-tu pas écrit ? dit-elle dans un hoquet. Jamais mon père n'aurait osé...

Leong Lam se raidit.

– Osé quoi ? Il m'a dit que c'était toi qui avais décidé de partir pour trouver du travail !

Yin se redressa d'un coup et s'assit sur le lit, sans plus prendre la peine de dissimuler son sexe. Elle avait les yeux écarquillés et ses narines frémissaient.

– Jamais je n'ai voulu partir ! Il m'a vendue pour cinquante dollars ! Vendue, tu m'entends ! Et l'homme qui m'a achetée m'a revendue à la salope de *kwai po* qui est en bas ! Et... Mais, mais qu'est-ce qui t'est arrivé ? s'exclama-t-elle comme si elle venait seulement de prendre conscience de la plaque de peau boursouflée qui occultait une partie du visage de son mari.

Leong Lam, qui avait compris comment Chan Ah Tin avait pu payer les travaux de sa maison, vint s'asseoir à côté d'elle et entreprit de le lui raconter. Yin pleura à nouveau, trouvant alors assez de force en elle pour évoquer son calvaire personnel. Ensuite, il se déshabilla et ils firent l'amour comme du temps où il ressemblait à un être humain et où ils étaient heureux.

Tous les visages se tournèrent vers Leong Lam lorsqu'il réapparut au rez-de-chaussée, une bonne demi-heure plus tard.

– Je te préviens, je ne rembourse pas les clients mécontents, lança sans sommation la tenancière du bordel.

Leong Lam vit Chee, le portier, se découper dans l'entrée. Il aurait voulu pouvoir lui trancher la gorge après ce qu'il avait appris mais il savait maintenant que l'autre était un homme de main du gang qui protégeait le bordel et qu'il n'avait aucune chance contre lui.

– J'ai été très satisfait de Yin, dit-il d'une voix égale. Je reviendrai demain à la même heure et je veux qu'elle m'attende.

Sur ce, il sortit rejoindre l'agitation de la rue en évitant d'entendre les sarcasmes qui s'élevèrent dans son dos.

Le lendemain, Leong Lam se présenta comme prévu et à l'heure dite. Il déposa l'argent sur le comptoir avant même qu'on le lui demande.

La *kwai po* eut un reniflement et lui montra l'escalier.

– Tu sais où c'est... Ta Yin a même pris un bain pour t'être agréable. Le jour où j'arriverai enfin à la vendre, il faudra que je te donne l'adresse de son nouveau propriétaire... À moins que tu aies cinq cents dollars pour m'en débarrasser, ajouta-t-elle en ricanant.

Un instant plus tard, Leong Lam ouvrit doucement la porte de la chambre. Yin était assise sur son lit, coiffée et parfumée. Elle avait revêtu une sorte de kimono blanc dont les pans étaient assez ouverts sur sa poitrine pour qu'on puisse entrevoir les mamelons dressés de ses seins.

– Je suis prête... dit-elle.

Un peu plus tard, la tenancière sursauta en entendant une des filles attablées pousser un cri de frayeur. Au même moment, elle vit apparaître au bas de l'escalier le client borgne qui en pinçait pour cette bonne à rien de Yin. Les filles se levèrent pour se plaquer contre le mur quand il passa près d'elles sans les voir pour se diriger vers la *kwai po*.

– Chee ! cria-t-elle en découvrant le couteau de boucher dégoulinant de sang que l'homme tenait à la main.

Le portier se précipita en tirant un révolver de sa ceinture mais Leong Lam le devança et posa lentement l'arme poisseuse sur le comptoir.

– Yin a retrouvé sa liberté qu'elle avait perdue par ma faute, dit-il d'une voix brisée par le chagrin.

– Va chercher les *mata-mata* ! ordonna la femme à Chee.

<h3 style="text-align:center">V</h3>

Ramsey posa son stylo, affichant une expression incrédule.

– Alors là, je dois dire que je décroche, inspecteur... Ce Leong Lam remue ciel et terre pour retrouver la femme de sa vie et lorsqu'il lui remet la main dessus, la première chose qu'il fait c'est de la tuer ? Allez, avouez que vous m'avez mené en bateau, hein ? ajouta-t-il un ton plus bas.

Collins fit non de la tête tout en vidant le reste de sa bière dans le verre. Il observa quelques secondes la mousse en train de se stabiliser avant de répondre.

– Pas du tout. Tant que Leong Lam a cru que sa femme était partie librement après avoir été convaincue que son mari ne reviendrait jamais d'Europe, il l'a compris. Souvenez-vous qu'elle ne pouvait pas avoir d'enfant, ce qui signifiait l'impossibilité pour elle de retrouver un époux.

– Un coup dur à encaisser, tout de même...

– Oui mais quand on sait la piètre place que tiennent traditionnellement les femmes en Chine dans l'échelle sociale, guère au-dessus des animaux domestiques en fait, et la pauvreté abjecte régnant dans les campagnes du Kouantoung, choisir de refaire sa vie ailleurs était acceptable.

– Bon, admettons, concéda le journaliste. Attendez, reprit-il tout à coup, je crois que j'ai compris...

Collins eut un sourire poli.

– Oui ?

Ramsey reprit son stylo et le pointa vers le policier.

– Il a fait ça parce qu'il s'est rendu compte qu'il ne pouvait pas la racheter à la propriétaire du bordel... Et que s'il rentrait chez lui en racontant ça, il passerait pour un imbécile. Mais ça n'excuse toujours pas ce meurtre insensé...

– Vous êtes sur la bonne voie, répondit Collins. Quand j'ai procédé à son interrogatoire après l'avoir arrêté, Leong Lam n'a pas cherché à noyer le poisson. Il m'a tout simplement avoué que s'il avait tué sa femme pour la délivrer de son calvaire il l'avait fait avant tout parce qu'elle lui avait fait perdre la face, ce qui est d'une gravité insigne pour un Chinois, qu'il soit *towkay* ou simple coolie.

– C'est à dire ?

– Quand il a découvert que Yin avait été en réalité vendue par son propre père à un de ces marchands de chair humaine qui foisonnent pour alimenter l'énorme marché de la prostitution dans les grandes villes du *Nanyang*, il a compris qu'il avait perdu la face devant son village puisque tout le monde était fatalement au courant de la transaction. Non seulement, il était revenu défiguré d'une guerre qui n'était pas la sienne mais encore avait-il appris que son épouse avait été cédée en son absence comme un simple cochon à un boucher.

– Alors, il n'avait qu'à retourner faire rendre gorge à ce Chan Ah Tin ! s'emporta Ramsey. L'obliger à trouver l'argent pour racheter sa fille !

– Cinq cents dollars ? Il faut toute une vie à un pêcheur pour gagner ça. Et vous oubliez un détail : le mal était fait. Leong Lam avait perdu une quantité insupportable de face. Il n'y avait que le sang qui pouvait laver un tel affront.

– Celui de la principale victime ?

– Pour lui, Yin était coupable de s'être laissée faire et de ne s'être pas enfuie. Ou suicidée, si toute fuite était impossible. Si elle avait agi ainsi, son courage aurait rejailli sur Leong Lam. Leur histoire tragique aurait été contée dans la région durant des générations. Au lieu de cela, on ne parlerait de lui que sous les traits d'un infirme pris pour un imbécile. Il s'est donné la peine de lui expliquer tout ça la première fois qu'ils se sont revus et elle l'a attendu le lendemain sans rien tenter pour échapper à la mort.

– Et si par miracle il avait eu les cinq cents dollars ?

– Il n'aurait pas racheté sa femme pour autant...

Ramsey resta silencieux et l'inspecteur en profita pour faire signe à un des serveurs de lui apporter une autre Tiger.

– Je vois... dit enfin le journaliste. Voilà qui va être difficile à expliquer à mes lecteurs...

– Vous vouliez une véritable histoire chinoise ? Eh bien, vous l'avez eue... répondit Collins.

Sommaire